KB259974

손가락 끝의 저 달은

古典茶詩集 고전다시집

손가락 끝의 저 달은

古典茶詩集 고전다시집

해조음

다시(茶詩)에 담긴
지고지순한 뜻 오롯이 담아내

윤 성 지 / 무애한학연수원 원장

옛날부터 '군(君)·사(師)·부(父)는 일체'라 했다. 이는 임금과 스승과 부모는 하나라는 말이지만 그 의미는 사뭇 깊다.

그 많은 인연 중에 스승과 제자의 만남이란 보통 인연이 아니다. 이는 스승이란 또 다른 자신의 존재를 만드는 것이니 몸을 낳은 부모와 다르고 나라를 다스리는 임금과도 그 차원이 다른 것이다.

내가 심재(心齋) 이영희(李英姬)를 만난 것은 이미 강산이 변한다는 세월 전이다. 그녀는 우연히 내가 번역해낸 경전(經典)들을 읽고 한문의 번역과 그 해석을 배워보고 싶다고 내게로 왔다. 지금껏 그와 같은 일은 많이 있었기에 나는 그저 대수롭지 않게 여기고 말았는데 배우고자 하는 그녀의 집념은 그대로 떠나지 않고 계속 내 주위를 맴돌았다.

그녀는 제자가 아닌 척 어느 날 문득 한자(漢字)를 물었고 또 다시 한문(漢文)을 묻는가 하면 드디어는 한학(漢學)을 파고 들기도 했다.

한동안 전화 통화 대화로 질문과 답이 오고가던 어느 날 내가 말했다.

"그게 당신의 작전이었는지는 모르겠으나 생각해보니 이미 우리 사이에 공부가 시작된 것 같다."

"눈치 챘군요."

"그래, 다소 늦었지만... 그런데 그걸 안 이상 이대로 어정쩡하게 계속될 수는 없다고 생각해."

"?"

"스승과 제자 사이는 그냥 이루어지는 게 아니야. 그러니 시험부터 한 번 쳐보자. 거기에 합격이 되면 내 도리 없이 당신의 요구에 따르도록 하지."

"그럼 문제를 내 주십시오."

"옛날 우리나라 민요에 나타난 다시(茶詩)가 있지. 내 그것을 읊어줄 테니 시간 나는 대로 해석해 봐."

"알겠습니다. 시의 내용을 말씀해 주십시오."

<blockquote>
잘못 먹어 보챈 애기
작설 먹여 잠재우고
큰 아기 몸살 나면
작설 먹여 놀게 하고
</blockquote>

엄살 많은 시아비는
작설 올려 효도하고
시샘 많은 시어미는
꿀을 타서 달래놓고

혼자 사는 청상(靑孀)이는
작설 먹고 잠을 잔다

바람 바람 봄바람아
작설 낮게 불지마라
이슬 먹은 작설을
한 잎 두 잎 따 모아
인적기도 멀리한 날
앞 뒤 당산 산신님께
비나이다 비나이다
바람 할매 비나이다

불러주는대로 열심히 받아 적은 그녀가 나에게 말했다.
"언제까지 해 가면 됩니까?"
"정해진 시간은 없다. 해석도 일종의 창작이니 시간에 매이면
제대로 된 게 나올 수 없어."
"그렇기도 하겠군요."

이렇게 해서 말을 끊은 그녀는 한동안 소식이 없더니 어느 날 문득 다시 와 원고를 내밀었다. 받아 펴보니 내용은 다음과 같았다.

잘못 먹여 보챈 아기
작설 먹여 잠재우고
큰 아기 몸살 나면
작설 먹여 놀게 하고

예부터 차는 약이었고 기호음료였다. 아픈 아기도 차로서 달랬고 큰 아기도 차를 먹여 놀게 했다. 불량식품을 먹고 사는 요즘 아이들과는 달리 신선한 음료를 마시고 자란 옛날 아이들의 마음에는 흉칙스런 악이 없었고 몸에는 병이 없었다.

사람도 자연의 일부여서 자연식품을 먹고 자란 아이들은 해가 뜨면 일어나고 해가 지면 잠을 자며 바람과 함께 가고 구름과 더불어 변해갔던 것이다.

엄살 많은 시아비는
작설 올려 효도하고
시샘 많은 시어미는
꿀을 타서 달래 놓고

첫 구절은 어미와 자식의 문제이고, 다음 구절은 시부모와 며

느리와의 문제이다. 자식과는 달리 시부모에게는 적당히 비위를
맞추기도 한다는 내용이다. 여인의 삶은 지혜 없이는 헤쳐나가
지 못한다. 그 지혜는 음모나 계략이 아니다. 그것은 주어진 상
황에 대처하는 아름다운 요령이다. 자신의 존재는 없애놓고 상
대에 맞추어 적응하는 그것은 아픈 세상을 아프지 않게 사는 방
법이었던 것이다.

혼자 사는 청상과부는
작설 먹고 잠을 잔다

이제 이야기는 집안에서 담을 넘어 이웃집으로 갔다. 약이 되
고 음료가 되고 효도가 되고 지혜가 되었던 차가 이제는 외롭고
괴로운 사람의 수면제가 되고 있다.
외로워도 기댈 곳 없고 괴로워도 달래 주는 사람 없는 여인을
잠들게 해 주고 있는 것이다. 꺼질 줄 모르고 활활 타오르는 불
길 같은 감정도 그칠 줄 모르고 밀려드는 파도 같은 생각도 다
잠재우고 꿈나라로 가게 하는 것이다.

바람 바람 봄바람아
작설 낮게 불지마라
이슬 먹은 작설을
한 잎 두 잎 따 모아

인적기도 멀리한 날
앞 뒤 당산 산신님께
비나이다 비나이다
바람 할매 비나이다

　옆집으로 건너간 이야기가 이제 다시 개울 건너 당산의 산신님과 바람 할매에게로 옮겨졌다. 비는 마음, 그것은 아름답고 향기로운 소망의 마음이다.
　이 다시(茶詩) 속에 있는 여인의 마음은 자신이 잘 되기를 바라는 마음이 아니다. 자식 잘 되기를, 남편 잘 되기를, 온 동네가 잘 되기를, 온 나라가 잘 되기를 바라는 마음이니 그 마음에 축복이 가고 행운이 온다.
　이 세상 어느 나라에 우리의 민요처럼 의미 깊고 재미있는 것이 또 있겠는가. 이 한편의 다시(茶詩) 속에 다른 나라에는 없는 우리의 자랑스런 문화유산이 있다. 한 편의 시 속에 다(茶)만 있는 게 아니고 가정이 있고 이웃이 있고 초월적인 신이 있다.
　이러한 우리의 다시(茶詩)를 캐내어 세계에 자랑하고 싶은 게 나의 마음이다.

　다 읽고 난 내가 그녀에게 말했다.
　"더 배울 필요가 없겠군. 그만한 실력이면 일반 작가 이상이야. 한 편의 시를 놓고 단락 구분도 잘 했고 해석도 기대 이상이다. 거기에 마지막에 자신의 꿈까지 펼쳤으니 더 이상 가르치고 배울 게 없다 싶어.”

그래서는 안 되는 일인 듯 그녀가 나섰다.

“아닙니다. 내가 해놓은 것의 가치도 지금 그렇게 설명해 주시니 비로소 알겠습니다. 앞으로 계속 지도해 주십시오.”

이렇게 하여 나는 더 이상 거절 못하고 심재 이영희와 스승 제자의 인연을 맺게 되었다.

한동안 며칠에 한 번씩 와 계속 공부하던 그녀가 이번엔 자신의 목표를 내놓았다.

“지금처럼 번역이나 해석학 공부를 계속하되 하나의 목표를 정해놓고 해야 결실을 빨리 맺을 것 같습니다. 그래서 생각하기를 옛날 시집에 있는 다시(茶詩)들을 골라 번역하고 해석해 나가고 싶은데 선생님 생각은 어떠한지요?”

“내가 지금까지 번역해 놓은 다시(茶詩)들을 보니 다들 옥편에 있는 글자의 뜻과 국어사전에 있는 의미들만 편집해 놓았지 문학적으로나 철학적으로 해석해 놓은 것은 없었어. 거기에서 틈새를 본 것인가?”

“네, 그러니 지금 번역해 놓았다는 다시(茶詩)를 보아서는 일반인들은 그 내용을 이해하기가 어렵습니다. 그래서 그 시들이 그대로 삶과 접목되게 해석을 붙여주면 독자들의 이해에 도움을 줄 수 있을 것 같다는 생각을 했습니다.”
　“자기보다 수준이 높은 사람은 어쩌고?”
　“그들은 또 그들대로 이해하겠지요.”
　“거기까지 생각되었다면 한 번 해보지.”

　이렇게 해서 시작된 일이 드디어 ‘고전다시집(古典茶詩集)’이
라는 한 권의 책으로 묶게 된 것이다.
　아무쪼록 이 다시집(茶詩集)이 이 나라 다도(茶道) 발전에 기여
하는 바가 있기를 기대한다.

'고전다시집(古典茶詩集)'을 읽고

曉丁 張赫杓 / 전 부산대학교 총장

한국 다시(茶詩)들에 대한 이해는 한국의 다도(茶道)를 이해하는 첩경이다.

그런 의미에서 한국 다시(茶詩)들의 절창(絶唱)들을 모아 번역하고 해석한 시집을 대하니 기쁘기 그지 없다. 다시(茶詩)들 중에서도 특히 초의 선사의 다시(茶詩)들에 중점을 둔 것도 바람직한 일이다.

초의 선사는 이미 다성(茶聖)의 자리에 앉은 우리나라 다도(茶道)의 핵심 인물이기 때문이다. 또 그의 시는 문학적, 철학적 가치를 지니고 있다.

자하(紫霞) 신위(申緯)는 〈초의시고(草衣詩考)〉 서문에 다음과 같은 글을 썼다.

"내가 그의 시를 읽어보니 담담하고 잔잔하게 가라앉고 고요하면서도 또한 능히 굳고 은은한 성품을 지니고 있어 이미 옛 선인들의 경지에 들었다는 생각을 했으며 내 절로 기뻐 소동파만 못할 것이 없다는 생각을 했다."

뿐만 아니라 당대 거목인 홍석주(洪奭周)도 초의시고에서 다음과 같이 말했다.

"초의 스님은 사대부들과 어울려 배우기를 좋아하였고 특히 시를 짓고 감상하기를 좋아하였는데 그의 시는 맑고 투박하면서도 잘 다듬어져 있어 당송의 시풍을 넘나 들었다."

옛 사람들도 이와 같이 극찬을 아끼지 않았으니 오늘을 살아가는 우리도 초의 선사의 시를 가슴에 새기면서 찻잔을 들어야하지 않을까.

초의 선사는 146편의 시를 남겼다. 선사의 시 가운데 다시(茶詩)들을 추려내어 번역하고 해설한 것이 이 책에 담겨 있다. 이 주된 시들 외에 이 작가는 고려시대, 신라시대, 조선시대의 다시(茶詩)들을 골라 이 다시집(茶詩集)을 엮었다. 그러니 시집 한 권에서 우리는 지난 날 유명한 다인(茶人)들의 시를 함께 볼 수 있게 되었다.

한문을 번역하다보면 밖에서 글자를 빌려올 때도 있는가 하면 또 안에 있는 글자를 빼버려야 할 때가 있고 말을 바꾸어야 할 때도 있다. 그러니 읽는 사람도 번역자 못지 않은 안목이 있어야 한다. 빌려온 글자는 글자대로 새기고 바꾼 말은 말대로 새기면서 이해하는 능력이 있어야 한다. 말이 되지 않는 글자가 있고, 뜻이 통하지 않는 말이 있으니 그런 문제는 독자 스스로의 몫인 것이다.

한문은 논리적인 사고로 추리해 들어가는 것이라기보다 직관

적이어서 말들이 간결하고 마디가 분명하지도 않다. 그뿐 아니라 한자(漢字) 역시 복잡한 여러 내용을 내포하고 있다. 소리 또한 여러 가지로 나와 각기 다른 사람이 번역하면 그 내용이 전혀 다르게 변모할 소지가 있다.

이런 전제하에 심재(心齋) 이영희(李英姬)의 책을 반기는 것은 얼마 전 우연히 초의 선사의 시집을 읽고 놀란 일이 있었기 때문이다. 그 시집을 읽어보니 본문과 번역이 맞아 떨어지지 않고 번역에 사용된 시어(詩語)들의 선택도 적절하지 않았다.

초의 선사의 시 중에 있는 문장 '귀래불각설영두(歸來不覺雪盈頭)'를 예로 들어 보자.

'머리에 흰 눈이 쌓인 후 고향에 돌아오니'로 해석되어져 있었다. 내가 보기에 윗 문장의 주어는 '불각(不覺)'이다. '머리가 백발이 다 되어도 깨닫지 못하고 고향을 찾으니 마음 둘 곳이 없다'고 한탄한 문장인 것이다.

그런데도 주어는 빼놓고 술어만 가지고 무슨 말을 만든단 말인가? 나는 혹시나 싶어 또 다른 시집들도 펼쳐보니 별다른 것은 없었다.

"돌아오니 머리에 눈발 가득한 줄 몰랐네"
"돌아오니 머리 센 것 깨닫지 못한다"

이렇게 시구들 모두가 약속이나 한 듯 비슷하게 번역해 놓고 있었다.

이는 무엇을 증명하는가? 비유하자면 달을 가리키는 손가락만 보았을 뿐 달 자체는 보지 않았다는 것이다.

또 이 시의 마지막 구절의 다른 해석을 보자.

'이의인생괴수구(已矣人生愧首邱)'

"말아라, 내 살아서 고향 찾은 것 부끄럽네"
"아서라, 살아서 고향 찾음 부끄럽네"

지금까지의 책에서는 이런 식으로 해석되어져 있었다.

이 문장의 핵심은 '수구(首邱)'에 있다. 수구란 여우가 죽을 때 머리를 자기가 살던 곳으로 둔다는 뜻이다.

그렇다면 당연히 "아서라, 참담한 인생길에 짐승의 넋이 부럽구나"로 해석되어야 전체 흐름과 맞지 않을까?

또 다른 다시(茶詩) 하나를 예를 들어보자.

雲巖我下居   운암아하거
端爲性傭疎   단위성용소

林坐門幽鳥　　임좌문유조
溪行伴戱魚　　계행반희어
閒揮花塢箒　　한휘화오추
時荷藥畦鋤　　시하약후서
自外渾無事　　자외혼무사
茶餘閱古書　　다여열고서

　　구름 바위 밑에 내 살림 곳 마련함은
　　내 성격 게으르고 성글기 때문이다
　　숲 속 문에 앉아 숨어사는 새 벗하고
　　흐르는 냇가를 거닐 때 노는 고기 벗하네
　　한가하면 꽃잎 지는 산 언덕길 쓸고
　　때로는 호미 들고 약초 캐러 간다
　　이 밖에 할 일 없으니
　　차나 한 잔 들며 고서나 읽으리

　대개 이상과 같이 화담의 차시를 번역해 놓았다. 어딘가 시어
(詩語)들이 매끄럽지 못하다 싶은 이런 것을 이 번역자는 그대로
감이 와 닿게 다음과 같이 정리해 놓고 있다.

　　구름과 바위 아래 내 살고 있음은
　　내 성품이 게으른 품팔이꾼이기 때문이지만

숲 속에 앉아 그윽한 새와 벗하고
냇가를 거닐 때 물고기 벗하기 좋아서라.
마음이 한가하면 꽃잎 지는 길이나 쓸고
때로는 호미 들고 약초 캐러 나서다가
스스로 쓸데없는 짓 밖에 할 게 없으면
차나 마시는 여유 속에 옛글이나 뒤적이리.

오랫만에 맛깔스런 다시(茶詩) 번역서를 대하니 차 맛의 깊은
향기가 온 몸을 적시는 듯하다.

삶과 선(禪), 차(茶)는 무문(無門)이다

'다선일미(茶禪一味)'란 말이 있다. 다인 생활을 하다보니 우연찮게 그 말이 내 눈에 보였고 그 의미가 나를 사로잡았다. 그리하여 차(茶)와 함께 선(禪)에 대한 것도 같이 공부해 보았다.

차가 인류의 역사와 더불어 서서히 발전해 왔듯이 선도 그와 같다. 선은 인도에서 발생하여 중국에서 뿌리내리고 우리나라에서 꽃피우고 일본에 가서 열매를 맺었다.

차도 이와 유사한 경로로 발전 되었다. 차 역시 인도에서 발아하여 중국에서 뿌리내리고 우리나라에서 예(禮)가 되고 일본으로 가 도(道)가 된 것이다. 우리는 이러한 차와 선에 대한 길을 우선 이해해야 한다. 왜냐하면 표면적인 것만 보다가는 그 속에 내재해 있는 중요한 문제를 놓칠 수 있기 때문이다.

우선 인도와 중국, 한국과 일본의 차와 선에 대한 역사적 배경과 그 특색을 스승 무유 선생님께서 정리해 놓은 글을 보자.

"먼저 인도 사람들은 예나 지금이나 종교적이어서 삶에의 의

지보다 죽음에의 의지가 더 강하다. 그들에게는 살아있는 현실
보다 죽은 후의 생활이 더 문제인 것이다. 때문에 어떤 근원적인
것이 발생하여도 결과적인 것은 나타나기가 어려운 실정이다.
그래서 차와 선은 뿌리내릴 토양을 찾아 인도를 떠났다.

　인도와는 달리 중국은 타협의 논리가 성행했던 나라여서 그런
지 매우 현실적이다. 그들은 내일보다 오늘을 살고, 사후 문제보
다는 현실 그 자체에서 삶의 근원을 찾는다.
　그들은 차라는 것이 사람의 생존과 생활에 절대 필요한 것임을
깨닫고 차를 재배하는 기술을 익히고 온갖 연구를 다하며 차를
만들어 나갔다.
　그래서 그곳의 토양은 다른 나라와는 다르다. 그렇기 때문에
차와 선은 깊이 뿌리를 내릴 수 있었고 발전의 기틀을 마련할 수
있었다.

　그러면 우리나라에서는 이러한 차와 선을 과연 어떻게 받아들
였던가? 우리에게는 안으로 여무는 씨앗도 있고 밖으로 피는 꽃
도 있다. 이 세상과 저 세상이 같이 있고 꿈과 현실이 같이 있다.
그렇기 때문에 차문화를 발전시킬 수 있었다.
　차에서 나오는 맛과 향기, 그것을 향유할 수 있는 멋이 우리에
게 있었기에 차와 선을 하나로 접목시킬 수 있었다. 이리하여 우
리는 차에서 나오는 신령스러운 기운까지 찾아내어 마침내 다예

(茶禮)라는 말까지 만들어냈다.

다음으로 일본은 외향적인 나라이다. 그들은 속에 지니고 있는 것이 없다. 그것이 무엇이든 밖으로 나타내야 한다. 그래서 삶의 방법은 다 의식화한다. 그렇기 때문에 우리나라에서 건너간 다예가 일본에서는 다도(茶道)가 되었다. 그들은 차 한 잔을 마시는 아주 단순한 것에서도 복잡한 의식을 만들어 그것을 예술의 경지로 승화시켰다. 그들의 차문화는 드디어 아름다운 사회를 창조하는데 크게 이바지했다.

그럼 여기서 이들 나라들의 역사 속에서 차와 선이 어떻게 등장하는지 살펴보자. 먼저 인도에서는 부처님이 설한 최초의 경전에 다음과 같은 내용이 나온다.

"광명이 있으매 다(茶)로 가득 장엄일세
가지가지 묘(妙)한 다(茶)가 모여
온 누리 넓은 세계에 고루고루 뿌리니
모든 영가(靈駕)들에게 공양코자 하옵니다"

이는 차는 벌써 산 사람의 갈증을 풀어 주기도 했지만 죽은 영혼들의 갈증도 해소해 주기도 했다는 것이다. 누구나 애가 타는 심정으로 갈증을 느끼며 살아가는 것이 인생이니 어찌 죽은 영혼인들 갈증이 없겠는가?

　다음으로 중국의 차를 이야기 할 때 흔히 조주(趙州)의 끽다거(喫茶去)를 입에 담는다.

　조주에게는 언제나 많은 학자들과 선승들이 방문했다.
조주가 방문객에게 물었다.
"전에 여기 온 일 있소?"
"네, 있습니다."
"안에 가서 차를 드시오."
또 다른 사람이 방문했다.
"전에 여기 온 일이 있소?"
"없습니다."
"안에 가서 차를 드시오."
온 적이 있어도 그만, 없어도 그만이다. 조주는 구별없이 차를 들라 한다. 한 잔의 차는 마음의 표시일 뿐만 아니라 거기에는 선의 요점이 있다.
　선이란 오염되지 않은 우주의 진리와 오염된 인간의 마음이 하나 되어 마음의 평화를 찾는 것이다. 평상적인 마음이 선이니 허허로운 곳으로 가 진리를 찾으려 하지 않아야 한다. 그저 생활 속 작은 일들을 주의 깊게 체득하면 곧 절대적 경지로 가는 것이다.

다음으로 일본에서는 차와 선이 어떻게 등장하는지 알아보자.

어느 학자가 남은(南隱)선사에게 선에 대해 물어보러 가니 선사는 아무 말 없이 차를 따랐다. 찻잔의 차가 계속 넘치는 데도 계속 따르기만 했다. 그것을 지켜보던 학자가 말했다.

"선사님, 차가 넘칩니다."

남은 선사는 그때서야 주전자를 내려놓으며 말했다.

"그대가 바로 이 잔처럼 안에는 자신의 관념으로 가득 차 있소. 우선 자신의 잔을 비우지 않는 한 내 그대에게 선을 얘기해 무얼하겠소. 들어가지 않고 넘치기만 할테니…"

누구의 이야기인가? 바로 그대 자신의 이야기이다. 마음 속이 자기 자신의 관념으로 꽉 차 있기 때문에 남의 말이 들어갈 틈이 없다. 본래 학자들이란 끊임없이 문제를 만들어 내고 답을 찾는 사람들이다. 그러나 본래 형식을 갖춘 질문이 있을 수 없는데 어찌 형식을 갖춘 답이 있겠는가.

그래서 선사들의 마음에는 질문도 답도 없다. 있는 것을 찾는 사람과 없는 것을 찾는 사람과 무슨 대화가 이루어지겠는가?

다음으로 우리나라에서 차와 선을 말할 때 어떤 이야기가 오고 가는지 알아보자.

어떤 구도자가 보우(普愚) 선사를 찾아가 물었다.

"선(禪)에 대해 알고 싶습니다."

"연꽃을 이해하면 저절로 알게 돼."

"그냥 하나의 꽃일 뿐인데 그것을 이해한다고 어떤 깨달음이 올까요?"

"그냥 꽃이 아니야. 진리의 상징이지."

"그렇다면 어떻게 이해해야 합니까?"

"연꽃은 우선 중통외직(中通外直)하지. 말하자면 속은 비었는데 밖으로 곧다는 말이야. 그런데 넌 속이 차고 밖으로 휘어졌지. 또 연꽃은 향원익청(香遠益淸)해. 그 말은 멀리 갈수록 그 향기가 더 진하다는 것이야. 그런데 넌 구역질을 느끼게 하는 존재는 아닌가 돌이켜 봐. 그리고 연꽃은 정정정식(亭亭淨植)하지. 이 말은 혼자 서 있는 모습이 보다 우아하다는 소린데 너는 과연 어때? 지금 혼자 있는 모습이 초라하고 왜소하지는 않는 거야?"

구도자는 선사의 말 속에서 크게 깨달음을 얻고 드디어 속으로 선(禪)까지도 이해할 수 있었다.

삶이란 것은 무슨 이론이 아니다!

선도 문자로 설명되지 않는다!

차의 맛도 그 무슨 말로 설명할 수 없는 것이다!

삶과 선과 차, 이 셋은 그야말로 무문(無門)이다. 다시 말하자

면 문이 있어 들어가는 것도, 문이 없어 들어가지 못하는 것도
아니다. 문이 있고 없고를 구분한다면 그것은 이미 삶도 선도 차
도 아니다. 삶과 차와 선은 어디에나 있으니 우리는 다만 그것을
받아들일 줄 알면 되는 것이다.

누구에게 전해 줄 수도 전해 받을 수도 없는 것이 그 셋이니 우
리는 단지 스스로 체험을 통해 깨달아야 한다.”

이러한 문제와 답을 안고 다인생활(茶人生活)을 해오던 나는
뜻밖의 행운으로 한 분의 스승을 만나 한학(漢學)을 공부하게 되
었다. 그 결과 초의 선사 다시를 비롯해 고려, 조선의 다시를 모
아 ‘고전다시집(古典茶詩集)’을 내놓게 되었다.

책이 나오기까지 큰 은혜를 베풀어 주신 무유(無有) 윤성지 스
승님께 감사의 마음을 전한다. 아울러 출판에 도움을 준 해조음
이철순 대표에게도 감사의 말을 전하고 싶다.

2012년 초봄 다래헌에서

심재 **이 영 희**

茶 추천사(윤성지 / 무애한학연수원 원장)··············2

茶 추천사(장혁 표 / 전 부산대학교 총장)··············10

茶 책을 펴내며 ··············16

茶 제 1 장 초의선사 다시(茶詩)

초의 선사 1 _ 28   •   초의 선사 2 _ 32

초의 선사 3 _ 36   •   초의 선사 4 _ 40

초의 선사 5 _ 44   •   초의 선사 6 _ 52

초의 선사 7 _ 58   •   초의 선사 8 _ 62

초의 선사 9 _ 72   •   초의 선사 10 _ 76

초의 선사 11 _ 80   •   초의 선사 12 _ 88

초의 선사 13 _ 96   •   초의 선사 14 _ 100

초의 선사 15 _ 104   •   초의 선사 16 _ 108

초의 선사 17 _ 114   •   초의 선사 18 _ 122

초의 선사 19 _ 126

茶 제 2 장 신라 · 고려시대 다시(茶詩)

김교각 _ 132   •   대각국사 _ 136

이규보 1 _ 140   •   이규보 2 _ 144

이규보 3 _ 148   •   이규보 4 _ 150

진정국사 _ 154 ● 원감국사 _ 158

류숙 _ 162 ● 이색 1 _ 166

이색 2 _ 170 ● 정몽주 1 _ 174

정몽주 2 _ 176 ● 이숭인 _ 178

이원 _ 182 ● 권정 _ 186

제 3 장 조선시대 다시(茶詩)

박팽년 _ 190 ● 김종직 _ 194

김시습 1 _ 198 ● 김시습 2 _ 202

김시습 3 _ 204 ● 김시습 4 _ 206

신종호 _ 208 ● 서경덕 _ 212

서산대사 1 _ 216 ● 서산대사 2 _ 220

정관일선 _ 222 ● 이이 _ 226

류성룡 _ 228 ● 사명대사 1 _ 230

사명대사 2 _ 234 ● 조태억 _ 238

채제공 1 _ 242 ● 채제공 2 _ 244

정약용 1 _ 246 ● 정약용 2 _ 248

정약용 3 _ 250 ● 김정희 _ 252

이상적 _ 254 ● 범해각안 1 _ 258

범해각안 2 _ 260 ● 경암응윤 _ 262

1

초의선사 다시(茶詩)

草衣 · 朝鮮 1

一生參學了今年　　일생참학료금년

未妨北窓請晝眠　　미방북창청주면

白屛山尖孤照水　　백병산첨고조수

黃曉江色澹蓮天　　황효강색담연천

筆狀茶竈春風裏　　필상다조춘풍리

藥末香塵小醉邊　　약말향진소취변

已信誌公譚實相　　이신지공담실상

要知喧精兩皆禪　　요지훤정량개선

지송(誌公) : 중국의 고승. 비문 뒤에 자신의 초상화가 새겨져 있는 것으로 유명하다.

초의 · 조선 1

하루 공부 이제야 마쳐

저승길 거리낄 게 없으니 낮잠이나 청해볼까

백병산 산봉우리 외로이 물에 비치고

황효강 맑은 빛 하늘에 닿았구나

봄바람 속에 시와 차를 마시고 나니

약이 다하고 향이 날아가도 취함은 남아있네

실상에 대한 그대 말씀 이미 믿고 보니

소란이나 고요가 다 선인 줄 알겠구나

*의순 : (意恂, 1786~1866) 조선 후기의 승려. 속성은 장(張)씨이며 자 중부(仲孚), 호는
초의(草衣)이다. 정약용(丁若鏞), 신위(申緯), 김정희(金正喜)와 교류했다. 봉은사
(奉恩寺)에서 〈화엄경(華嚴經)〉을 새길 때 증사(證師)가 되었다. 저서로 〈초의집
(草衣集)〉, 〈동다송(東茶頌)〉 등이 있다.

불가(佛家)에서 나온 말 가운데 "사람이 평생을 공부한다 해도 그것은 바다에 떨어지는 물 한 방울 같은 것"이란 말이 있다.

그런가 하면 서양에서 나온 말 중에는 "사람이 일생동안 배운다 해도 그것은 큰 책의 한 페이지를 넘기는 것 밖에는 안 된다"는 말도 있다.

이러한 이치는 공부를 좀 해본 사람이나 세상을 살만큼 산 사람은 누구나 다 느껴봤을 일이다.

"하루 공부 이제 마쳐 저승길 거리낄 게 없다."

이 문장을 보면 초의 선사는 하루 할 공부, 한 달 할 공부, 일 년 할 공부를 미리 시간표대로 짜놓았던 것 같다. 그러기에 하루 공부 마치고 나니 저승가도 떳떳하다는 말이 나올 수 있었을 것이다.

사람은 누구나 눈을 감으면 저승이고 눈을 뜨면 이승인 굴레 속에서 산다. 지금 이 순간 죽음이 찾아온다 해도 그만 살고 죽는 것도 행운이라는 생각으로 죽음을 맞이하려면 오늘 이 시간에 자기 할 일을 다 해놓아야 하는 것이다.

초의 선사는 "실상(實相)에 대한 당신의 말씀 알고 보니 소란이나 고요가 다 선(禪)인 줄 알겠다"고 했다.

사람의 운명은 알 수 없는 것이다. 한 가지 분명한 것은

어느 순간 문득 들은 누구의 말 한 마디나 글 한 자가 한 사
람의 운명을 바꾸어 놓기도 한다.

그러므로 순간을 놓치지 않으면 그 순간 속에서 바로 영
원을 창조하는 근원이 있음을 알게 된다. 흔히 우리는 선
(禪)을 입에 담지만 그것을 무엇이라 한 마디로 정의하기가
어렵다.

다음 글을 새겨 보자.

선(禪)은 있는 그대로의 삶을 알게 하여 질문도 해답도 없
애는 것이다.

선(禪)은 진리를 이해하게 하여 사람의 차원을 높이고 논
리를 넘어서게 하는 것이다.

선(禪)은 부분에 치우쳐 있는 존재를 전체적이게 하여 사
람을 자유롭게 하는 것이다.

선(禪)은 사람에게 채찍과 고삐를 같이 주어 깨달음에 이
르게 하는 것이다.

선(禪)은 사람이 물 속에 있어도 물에 빠지지 않는 연꽃이
되게 하는 것이다.

선(禪)은 밖으로 나가려는 나를 안으로 불러들여 깨달을
준비를 갖추게 하는 것이다.

草衣·朝鮮 2
- 歸故鄕 -

遠別鄕關四十秋	원별향관사십추
歸來不覺雪盈頭	귀래불각설영두
新基艸沒家安在	신기초몰가안재
古墓苔荒履跡愁	고묘태황이적수
心死恨從何處起	심사한종하처기
血乾淚亦不能流	혈건루역불능류
孤筇更欲隨雲去	고공갱욕수운거
已矣人生愧首邱	이의인생괴수구

*수구(首丘): '수구초심(首丘初心)'에서 나온 말. 여우가 죽을 때 머리를 자신이 살던 굴 쪽으로 향한다는 뜻.

초의 · 조선 2
- 고향으로 돌아오다 -

멀리 고향을 떠난 지 사십 가을이 지나

머리가 백발이 다 되어도 깨닫지 못한 채 돌아왔네

집은 잡초에 덮여 있어도 그대로 있어 좋지만

옛 무덤은 황폐하여 걸음마다 탄식이네

마음이 죽었는데 뉘우침은 어디서 일어나는가

피가 마르고 눈물조차 흐르지 않는데

외로운 나그네 다시 구름 따라 떠난다

아서라! 인생길에 짐승의 넋이 부럽구나

"멀리 고향을 떠난 지 사십 가을이 지나
머리가 백발이 다 되어도 깨닫지 못한 채 돌아왔네"

큰 뜻을 품고 고향을 떠났는데 세월이 다가도록 아직 뜻한 바를 이루지 못한 채 다시 고향으로 돌아온 사람의 한이 묻어나오는 문장이다.

누군가 "사람의 일생은 꿈을 이루어가는 것이 아니고 꿈을 잃어가는 것"이라고 말했다.

그 무슨 행운으로 꿈을 이루는 사람도 있겠지만 그런 행운을 만나지 못한 사람은 대개 희망만 먹고 살다가 절망만 안고 사라져간다.

갑자기 의문이 생긴다. 우리가 선사(禪師)로 칭송하고 있는 초의 스님에게도 남다른 꿈이 있었을까?

"피가 마르고 눈물조차 흐르지 않는데
외로운 나그네 다시 구름 따라 떠난다
아서라! 인생길에 짐승의 넋이 부럽구나"

이 문장에서는 초의 선사의 정신세계가 아픔으로 다가온다. 구름 따라 다시 떠나는 그의 마음이 보이는 것 같다. 선사는 아무래도 주어진 삶을 그냥 무의미하게 흘려보낼 수 없었을 것이리라.

한 사람의 존재로서 무엇인가를 해야 했기에 피가 마르고 눈물조차 흐르지 않는 고통을 감내했을 것이다.

선사의 생각은 축복보다 저주를 몰고 왔고, 마음은 언제나 행복보다는 불행을 만들었기에 오히려 짐승의 넋을 부러워 한 것이 아닐까?

草衣·朝鮮 3

道村恬養處　　도촌념양처

心遠日遲遲　　심원일지지

徑逼幽蘭砌　　경핍유난체

門臨曲沼碕　　문임곡소기

煉藥消閒疾　　연약소한질

品茶滅睡癡　　품차멸수치

宿昔煙霞約　　숙석연하약

淸秋始赴宜　　청추시부의

초의 · 조선 3

도란 마음을 닦게 하는 것

마음이 멀면 때를 놓친다

길은 그윽해도 난초는 섬돌까지 이어지고

문 앞에는 벼랑과 연못이 펼쳐졌다

약초를 달여 편안한 병을 없애고

차의 성품으로 어리석은 잠을 없애라

그러면 안개와 노을과 더불어 한 기약도

맑은 가을에는 비로소 지켜지려니

"도(道)란 마음을 닦게 하는 것
마음이 멀면 때를 놓친다"

도는 보아도 보이지 아니하고, 들어도 들리지 아니하며, 잡아도 잡을 수가 없는 것이다. 그러한 도가 사람의 마음을 닦게 한다. 도는 모든 것의 근원이다. 말이 될 수도 글이 될 수도 없는 것이다.

사람의 마음도 몸의 근원이지만 무엇으로도 설명이 불가능한 것이다. 알 수 없는 도의 신비가 알 수 없는 사람의 마음을 어떻게 닦게 하는지 아는가?

그것은 오직 스스로 체험해봐야만 알 수 있는 것이니 도와 벗하라. 그런데 여기에도 때가 있다. 손해와 이익, 차고 비는 모든 일이 다 때에 따라 이루어진다. 사람이 마음을 갈고 닦는 데도 다 때가 있으니 마음이 도와 멀어지게 하지 말라는 충고가 이 문장의 의미이다.

"약초를 달여 편안한 병을 없애고
차의 성품으로 어리석은 잠을 없애라"

이 구절에는 다른 시인이 아직 말하지 못했던 내용이 언급되어 있다.

사람이 아무 일도 않는 것, 그것은 일종의 병이다. 어리석은 것도 병이니 이런 병을 차를 약처럼 달이고 차의 효능으로 치료하라는 것이다.

삶이 무엇인지 아는 사람에게는 한가하고 편안한 시간이 있을 수 없다. 아직 아무 것도 모르는 사람이 시간을 뜻없이 보내는 병을 앓고 있다. 그것은 인간을 비인간적이게 만들기 때문이다. 또 사람이 졸고 있다는 것은 잠든 상태와는 다르다. 존다는 것은 잠을 자는 것도 아니고 깨어있지도 않은 생태에 있다는 것이다. 이렇게 비몽사몽간에 있다는 건 살아있어도 살아있는 게 아니다.

불가에서도 "어리석은 자는 죽어 짐승이 된다"고 했다. 불법(佛法)은 인간의 각성(覺醒)을 위해 만들어졌고 초의 선사 역시 졸고 있는 인간들을 깨우기 위해 글을 썼을 것이다.

선각자들의 눈에는 인간들의 모습이 다 자고 있는 것으로 보인다. 들어도 듣지 못하고 보고도 보지 못하니 그것은 깨어있는 게 아니고 반이나 죽어 있는 것이다.

이제 자기 자신을 돌아보라. 아직도 자고 있는 것은 아닌지… 옆에서 그렇게 흔들어 깨우고 있는 데도 아직도 꿈꾸고 있다면 그에게 초의 선사가 다(茶)를 권한다. 약(藥)처럼 소중히 달이고 그 효능으로 깨어나라고…

草衣·朝鮮 4

廳鳥休晩參　　청조휴만참

薄遊古澗陲　　박유고간수

遣興賴佳句　　견흥뢰가구

賞心會良知　　상심회양지

泉鳴石亂處　　천명석난처

松響風來時　　송향풍래시

茶罷臨流靜　　다파임류정

悠然忘還期　　유연망환기

---

*양지(良知) : 사람이 태어나면서부터 지니고 있는 마음의 본체.

초의 · 조선 4

새소리 듣노라 저녁 일 쉬고

물가에서도 옛 것과 잠시 노닐었다

의지할 좋은 싯구 흥에 실어 보내니

아름다운 마음 양지에 모아두세

샘물소리 돌에서 엉키고

송향에 바람이 와 때 맞춘다

차 마시고 고요한 물가에 다다르니

그 정취에 돌아갈 시간도 잊었네

초의 선사의 다시(茶詩)에 제목이 없는 게 많다. 다른 나라 사람들의 옛 시들도 대개 제목이 없다. 작가들이 그러는 것은 읽는 사람이 제목을 붙여보라는 배려가 아닌가 생각한다. 말하자면 혼자 다 하는 게 아니라 근거를 던져주고 함께 마무리 하자는 것이다.

깨달은 옛 사람들은 글이나 그림을 그려놓고도 자신의 이름을 밝히지 않았다. 세상 천지에 네 것 내 것이 따로 없으니 어쩌다 접한 사람의 마음에 들면 그것이 바로 그 사람의 것이라는 배려심이 아닐까.

감동은 그냥 오는 게 아니다. 자신 속에 글이 되지 않았지만 그와 같은 상념이 있었고 그림이 있었기에 어느 순간 감동이 느껴지는 것이다. 그건 남이 수고해 놓아도 남의 것이 아니라 내 것이 된다.

무소유(無所有), 세상에 내 것은 없다. 있다면 그건 잠시 빌리는 것이다. 사람도, 명예도, 재산도 다 나중에는 남에게 넘겨주고 만다. 그런 것을 미리 깨닫고 내 것에 자기의 이름을 쓰지 않는 짓이야말로 소유물에 매이지 않은 자유인의 짓이다. 남의 것도 내 것이라며 빼앗아가는 세상에서 내 것을 주인 없는 것으로 만드는 일은 아무나 하는 게 아니다.

노자는 스승인 상종으로부터 제목도 작가의 이름도 없는 책 한 권을 선물 받았다. 노자는 그 책을 펴보니 책 속에도 글 한 자 없었다.

　너무나 뜻밖이라 노자는 이리저리 뒤져봐도 끝내 글은 한 자도 보이지 않았다. 이해 못 할 의문에 사로잡혔던 노자는 그 빈 공간에 붙들려 활연대오(豁然大悟)했다.

　무(無)를 만난 노자는 그 속에서 어떤 이야기보다 많은 것을 발견했던 것이다. 하얀 백지는 노자 자신을 텅 비게 만들었고, 그 텅 빔은 노자를 영원한 것과 하나이게 했다.

　지금까지 채우기만 해서 가득 찼던 속이 비어지면서 그 속에 신성(神性)이 들어가 노자를 궁극에 다다르게 한 것이다. 무(無)에 대한 이해는 마침내 노자의 중심사상을 무(無)이게 했고, 그 무(無)는 세상을 덮었다. 어떤 만남은 이렇게 한 순간 모든 것을 변화시키고 사람을 다른 사람으로 만들기도 한다.

草衣 · 朝鮮 5

古來聖賢俱愛茶　　고래성현구애차
茶如君子性無邪　　차여군자성무사
人間草茶差嘗盡　　인간초차차상진
遠入雪嶺採露芽　　원입설령채로아
法製從陀受題品　　법제종타수제품
玉壜盛裏十樣錦　　옥담성리십양금
水尋黃河最上源　　수심황하최상원
具含八德美更甚　　구함팔덕미갱심
深沒經軟一試來　　심몰경연일시래
眞靜適和體神開　　진정적화체신개
麤穢除盡靜氣入　　추예제진정기입
大道得成何遠哉　　대도득성하원재

---

*해조음(海潮音) : 부처님 소리
*니원(泥洹) : 열반의 다른 소리

예부터 성현들이 다 같이 차를 사랑했음은

차는 군자와 같아 그 성품에 사사로움이 없어서라

일찍이 사람들이 풀과 차를 가리게 된 것은

멀리 눈 덮힌 고개에서 새순을 따면서라네

만든 차에 따라 그 가치를 논하게 되었고

차를 비단으로 싸고 옥의 함에 넣었다네

물은 황하의 원천수를 찾으니

그 물엔 여덟 가지 덕이 있어 심히 좋더라

깊이를 다하며 가볍고 부드러움이 단번 시험에 들게 하지만

적당히 조화된 진정한 차 맛은 마음과 몸을 열리게 한다네

추하고 악한 것 다 없애고 맑은 정기 스며들게 하니

큰 도를 얻고 이루기가 어찌 멀기만 하랴

持歸靈山獻諸佛　　지귀영산헌제불

煎點更細考梵律　　전점갱세고범율

關伽眞體窮妙源　　알가진체궁묘원

妙源無着波羅蜜　　묘원무착바라밀

嗟我生俊三千年　　차아생준삼천년

潮音渺渺隔先天　　조음묘묘격선천

妙源欲問無所得　　묘원욕문무소득

長恨不生泥洹前　　장한불생니원전

從來不能洗茶愛　　종래불능세다애

持歸東土笑自隘　　지귀동토소자애

錦纏玉壜解斜封　　금전옥담해사봉

先向知己修檀稅　　선향지기수단세

---

*알가화(關伽華) : 범어로 차를 말함
*지기지우(知己之友) : 참다운 친구

차를 영산으로 가지고 돌아와 모든 부처님께 바치며

차를 끓이니 다시금 경전과 율법이 깊게 새겨지네

차의 참 모습 묘한 근원에 막히어도

오묘함에 얽매이지 않고 찾아내리라

슬픈 나의 삶 수많은 세월이 지나도

태어날 때부터 둔해 부처님 소리 아득하기만 하네

진리는 묻고자 해도 얻을 데가 없고

깨달음에 앞서 태어나지 못한 것이 끝내 한스럽네

차를 사랑하다 보면 종래에는 씻어내지 못할 게 없으련만

동쪽 땅에 가지고 돌아가 스스로 웃음을 막아볼까

비단으로 싼 옥함을 열고 봉한 것을 풀어

먼저 친구한테 선물하여 향기 거두게 하리

> "물은 원천수를 찾아야 하니
> 원천수에는 여덟 가지 덕이 있어 심히 좋다"

물에 여덟 가지 덕이 있다 함은 무엇인가?

가볍고, 맑고, 차갑고, 부드럽고, 맛있고, 냄새가 없고, 조화롭고, 뒷 탈이 없는 것을 말한다.

한의학에서도 물을 평할 때 밤에 내린 이슬이 풀잎에 방울 같이 맺혀 있는 게 제일 좋다고 했다.

이 물은 하늘의 기운을 그대로 지니고 있되 아직 땅에는 닿지 않아 땅의 독을 만나지 않아서 그렇다. 그래서 이 물은 능히 수태(受胎)하지 못하는 여자의 수태를 도운다고 했다.

다음으로는 초의 선사가 말하는 원천수다. 흘러내려온 오염된 물이 아니고 산에서 솟아나는 근원지의 물이 팔덕(八德)을 갖추고 있다는 것이다.

> "차의 참 모습 묘한 근원에 막히어도
> 오묘함에 얽매이지 않고 찾아내리라"

> "차를 딸 때는 묘함을 다하고
> 차를 만들 때는 정성을 다하고
> 물은 진수(眞水)를 구하고

포법에 중정(中正)을 얻고
체(體)와 신(神)이 서로 조화를 이루면
건강함과 건전함이 서로 조화를 이루리라
사람을 이렇게 만드는 경지에 이르러야
다도(茶道)를 극진히 했다 하리"

"참 진리는 묻고자 해도 답을 들을 데가 없고"

이런 말은 아무에게나 나오지 않는다. 평생 진리를 탐구
한 사람이 마지막으로 내뱉는 소리이다. 남이 찾을 때는 내
가 있어도 내가 찾을 때 남은 없다. 인간은 모두 같이 있는
혼자이다.

"답을 들을 데가 없고"

애초에 문제가 너무 추상적으로 만들어진 것은 아닐까?
"지금 몇 시나 되었습니까?"
이렇게 묻는다면 얼른 몇 시라는 대답이 나올 수 있다.
그런데 다음과 같이 물으면 대답이 없어진다.
"이보세요. 도대체 시간이라는 게 뭡니까? 시간이란 것을
놓고 과거, 현재, 미래를 어떻게 구분합니까? 본래 시작도
끝도 없는 무의미한 삶에 어떤 매듭을 지워놓는 것이 삼계

(三界) 아닙니까?”

　이런 질문에 답을 하려면 앞으로 백 년이 더 걸릴 지도 모른다.

　또 마주 있는 사람에게 보고 묻는다.

　“당신은 누구신지요?”

　“나는 ‘초의’라는 사람입니다. 더 자세히 말하자면 중입니다.”

　이상과 같은 물음에는 바로 답이 나온다.

　그런데 선사께 다음과 같이 물었다 하자.

　“이보세요. 사람이라는 게 도대체 무엇입니까? 인간이라는 게 도대체 무엇이기에 당신은 중인가 하면 나는 중한테 이런 걸 묻고 있는 것입니까?”

　이렇게 묻고 들어오면 부처도 얼른 답을 못하게 되고 말 것이다. 삶이란 것 자체가 알 수 없는 신비이니 신비는 묻고 답하는 게 아니다. 그저 있는 그대로 받아들이고 흘러가는 대로 놓아두는 그것이 참 삶을 사는 길이고 진정한 다인(茶人)이 되는 길이다.

草衣 · 朝鮮 6

- 石泉煎茶 -

天光如水水如煙	천광여수수여연
此地來遊已半年	차지래유이반년
良夜幾同明月臥	양야기동명월와
清江今對白鷗眠	청강금대백구면
嫌猜元不留心內	혐시원불유심내
毀譽何曾道耳邊	훼예하회도이변
神裏尚餘驚雷笑	신리상여경뇌소
倚雲更試杜陵泉	의운경시두능천

초의 · 조선 6
- 돌샘에 물을 길어 차를 끓이니 -

하늘 빛은 물과 같고 물은 안개와 같은데

이 땅에 와 노닌 지 어언 반 년이네

좋은 밤 밝은 달과 같이 얼마나 누웠던가

맑은 강물 바라보며 물새도 잠이 드네

마음 속에는 본래 시기도 미움도 없는데

헐뜯고 칭찬함이 어찌 귓전에 와 닿는가

소매자락에는 아직 남은 차가 있으니

구름에 의지하고 돌아가 두능천에서 마시리라

"하늘 빛은 물과 같고 물은 안개와 같다"

'펼치면 만상이나 오무리면 하나' 라는 말이 있다. 별과 달도 하나이고 너와 나도 하나인 여기에 이해해야 할 무엇도 없다. 설명해야 할 누구도 없고 들어야 할 누구도 없다.

이해하려 들면 다 놓치고 만다. 문제 하나는 백 가지 답을 만들고 그 답들은 다시 문제를 만들어 인간을 미혹되게 한다. 먼저 자신이란 그릇부터 비우지 않으면 아무 것도 담을 수 없다.

하나를 제대로 이해하면 모든 것은 저절로 알게 된다. 하나를 붙들고 명상하라. 그것이 선(禪)의 시작이고 끝이다. 선(禪)은 나를 나이게 만든다. 나는 남이 될 수는 없지만 내가 될 수는 있다. 내가 나 될 때 비로소 나는 완성된다.

"본 마음에는 본래 시기도 미움도 없는데
헐뜯고 칭찬함이 어찌 귓전에 닿는가"

불경(佛經)은 종교 경전이라기 보다 심리학이라는 말도 한다. 실제로 초의 선사의 이 구절 속에는 심오한 심리학이 내재되어 있다. 본 마음에는 얻을 것도 잃을 것도 없는데 어찌하여 명예나 치욕이 귓전에 와 들리는가.

그것이 인간이란 존재이다.

평생을 갈고 닦아 마음을 텅텅 비웠다고 생각했는데 다시 또 그런 상황에 부딪히니 애증(愛憎)이 교차한다. 아직도 참다운 자기 모습을 깨닫지 못해서 외부적인 것에 신경이 쓰이고 부귀영화나 치욕과 좌절에 떴다 잠겼다 하는가 생각하니 초의 선사는 스스로 놀라움을 금치 못하고 있다.

우리는 옛날부터 생각에서 헤어나지 못하는 복잡한 사람을 보면 오만 가지 생각을 한다는 소리를 해 왔다. 그런데 현대과학에서 인간의 마음을 분석해 본 결과 실제로 하루에 오만 가지 생각을 하고 있다는 것이 증명되었다.

하루동안 행주좌와(行住坐臥) 어묵동정(語默動靜) 하면서 온갖 생각을 다하는 것이다. 스스로 생각해도 소름이 돋는 해서는 안 될 생각을 하면서 또 그것을 스스로 지우지 못해 구역질을 하고 넌더리를 친다.

정신의학에서는 덜 되거나 못된 생각을 지우개로 글씨 지우듯 바로 지우는 사람은 정상이고, 그 생각에 붙들려 허둥대는 사람을 비정상으로 규정하고 있다. 그리고 그 상황에 따라 증세와 병세로 구분하여 약을 먹이거나 가두기도 한다.

"소매자락에는 아직 차가 남아 있으니
구름에 의지하고 돌아가 마시리라"

　한방에서는 병이나 환자에 따라 약을 먹는 시간이 다르다. 식전에 먹어야 할 약이 있고, 식후에 먹어야 할 약이 있고, 자기 전에, 자다가 깨어서 먹어야 할 약이 따로 있다. 그런데 마음 달래기에 좋은 차(茶)라는 이름의 약은 별로 때에 구애받지 않는다.

　초의 선사는 지금 이 문제 저 문제가 다 삶의 대가로 치루어야 할 불가피한 문제들이니 구름에 의지하고 돌아가 차나 마시며 마음을 다스려 보고자 한다.

　차(茶)의 성분이 차가우니 달아오르는 마음을 가라앉히기에 좋은 것이다. 사람이 파랗게 질릴 일이 왜 생기는가? 그것은 벌겋게 달아오르는 마음을 다스리지 못했기 때문이다. 차가운 차를 마시지 않아서다.

南來北去兩無緣　　남래북거양무연

鱗鴻不肯隨人便　　린홍불궁수인편

澄江如練山如畵　　징강여련산여화

舊遊心眼印芳鮮　　구유심안인방선

菜花小亭聽夜雨　　채화소정청야우

雲吉上房試名泉　　운길상방시명천

---

*린홍(鱗鴻) : 린소(鱗素)와 안백(雁帛)이 잉어의 배와 기러기의 발목에 편지를 묶어 보
냈다는 고사에서 나온 글.

남에서 오고 북으로 가도 인연이 없었던 건

서신이 사람을 따르지 못한 탓이리

비단 같이 맑은 강과 그림 같은 산은

마음의 눈 밝게 하며 옛 벗을 그립게 하네

꽃을 꺾던 정자에서 밤비 소리 들으며

구름 가까운 윗 방에서 좋은 샘물로 차나 끓이자

이 시는 자신의 관념 없이 읽어야 한다. 만일 자신의 고정된 관념으로 무엇을 찾노라면 초의 선사가 말하고자 하는 시상(詩想)을 놓치고 말 것이다.

자신의 관념을 가지고 대상을 대하면 있는 그대로 보지 못한다. 자기 편할대로 보고 들으며 허구의 가교를 세우게 된다.

그것은 시를 읽는 법이 아니다. 있는 그대로 보려면 눈으로 보지 말고 마음으로 보아야 한다. 자기 자신을 어떤 대상에서 자율하게 하려면 내가 그 대상보다 높은 곳에 가 있어야 한다.

생각은 머리가 하고, 느낌은 가슴이 받고, 깨달음은 마음이 한다. 마음한테 맡겨라. 그렇게 되면 마음이 말과 말 사이에 있는 미묘한 뜻까지 몸 전체에다 전하게 될 것이다.

시의 내용에서 나오는 파장에다 자신을 맞추고 명상에 들어가 보라.

그러면 머리가 읽었던 내용이 가슴으로 들어가게 되고 자신이 서서히 다른 세계로 이동하게 된다.

산문은 그저 예사로운 일들을 적어놓은 것이지만 시는 아주 특별한 경험을 포착해 놓은 것이다. 그래서 산문은 논리적이지만 시는 논리를 넘어서 있다. 삶이란 것이 논리를 넘어서 있듯이...

이해가 잘 안 되면 다시 읽어라. 그러면 볼 때마다 새로워

질 것이다. 문제는 읽는 사람에게 의미를 새롭게 부여하는
지성이나 감성이 있느냐 하는 것이다. 만일 그것이 없다면
그는 사랑을 해도 곧 권태를 느끼고 실증을 내고 말 것이
며, 이 세상도 아무 의미 없는 것이 되고 말 것이다.

본래 진리는 인간에게 분석을 용납하지 않는다. 또 말로
표현하려 해도 마땅한 언어가 없으니 핵심을 놓치고 만다.
그래서 화가는 그림으로, 음악가는 음악으로 진리를 표현
하려 해도 주위에서 맴돌다 마는 것이다.

텅 빈 것, 그리고 가득한 것, 그것도 아니다. 텅 빈 충만,
말도 안 되는 이런 것이 진리의 정체인지도 모른다.

진리는 피어나는 꽃 속에 있을까. 그 꽃이 뿜어내는 향기
속에 있을까.

진리는 밤비 속에 있는 것이라 샘물 떠다 차나 끓이면 만
나게 될지도 모른다.

草衣 · 朝鮮 8

晴霞映沼日華清　　청하영소일화청

小小魚兒水面行　　소소어아수면행

亦有靈明作遊戲　　역유영명작유희

天機潑潑憐含生　　천기발발련함생

吹浪未搖山影碧　　취랑미요산영벽

投竿解隱池中石　　투간해은지중석

交頸相靡親似友　　교경상미친사우

꽃이 피는 날 노을이 연못에 비치니

작디 작은 어린 고기 수면에서 노니네

그 역시 밝은 영혼이 있어 즐겁게 장난치리니

사랑스런 생명에 하늘의 조화가 숫구치는구나

물결이 부딪쳐도 산 그림자는 움직이지 않는데

낚싯대 던지니 지중석에 숨을 줄도 아네

머리 돌려 마주 보는 예쁜 모습 친구 같다가

分尾各散疎如客　　분미각산소여객

安知異日不能　　안지이일불능

一蹴直到龍門　　일축직도용문

春透過三層　　춘투과삼층

燒尾鱗　　소미린

爾若不思故淵漣漪水　　이약불사고연련의수

吾爲移汝淸江裏　　오위이여청강리

꼬리치고 흩어지는 모습은 손님 같구나

어찌 아는가 오늘 외에 다른 날은 아니 되는 줄을

그렇다고 물결을 한 번 차서 바로 용문에 닿을까

봄에는 층층이 뛰어오르더니

이제는 꼬리와 비늘까지 불에 타는 듯하구나

너 만약 옛 고향의 비단 같은 물결을 생각지 않는다면

나 너를 위해 맑은 강물에다 옮겨 주련만

"물결이 부딪쳐도 산 그림자는 움직이지 않는데
낚싯대 던지니 지중석에 숨을 줄도 아네"

이러한 자연의 모습과 생명의 움직임을 보는 눈이 시인의
눈이다.

"머리 돌려 마주 보는 모습 친구 같다가
꼬리치고 흩어지는 모습 손님 같구나"

작은 물고기 하나 마주 보고 돌아가는 모습이 가까운 친
구 같고 먼 손님 같다는 초의 선사의 마음을 가슴으로 느껴
보라.

"너 만약 옛 고향의 비단 같은 물결을 생각지 않는다면
나 너를 위해 맑은 강물에다 옮겨 주련만"

내가 하는 수고야 기꺼이 하겠지만 네가 추억에 아파할까
싶어 마음은 있어도 어쩌지 못하겠단다. 나르는 새를 보고
지은 도연명의 시가 있는데 소동파가 그 시를 보고 신기(神
氣)가 스며 있다고 평했다.

結廬在人境 而無車馬喧　　결려재인경 이무차마훤
問君何能爾 心遠地自偏　　문군하능이 심원지자편
採菊東籬下 悠然見南山　　채국동리하 유연견남산
山氣日夕佳 飛鳥相與還　　산기일석가 비조상여환
此間有眞意 欲辨已忘言　　차간유진의 욕변이망언

초가집 짓고 사람들 옆에 살아도
차마(車馬)의 시끄러움을 모르겠더라

그대에게 묻노라 어째서 그러한가
마음이 멀어지면 그 곳이 외진 곳이거니

동쪽 울타리 밑에 핀 국화를 따노라니
유연히 남산이 보인다

산기는 아침 저녁으로 아름다워
나르는 새들도 서로 돌아온다

이 사이에 삶의 참 뜻이 있으려니
말하고자 하여도 말을 잊었노라

다 같은 생물을 바라보고 시를 지은 초의 선사와 도연명
을 비교해 보라.

우열을 가린다기 보다 생명의 움직임을 보는 시인의 눈이
보통 사람들과는 다르지 않은가.

일반 사람들은 보고도 보지 못한다. 들어도 듣지 못하고
잡아도 그것이 무엇인지 알지 못한다. 그런데 시인은 그렇

지 않다.

밖을 보고는 안을 살피고, 들리는 소리에서 들리지 않는 소리까지 듣고, 잡히는 것에서 잡히지 않는 것까지 잡는다.

초의 선사는 이 시 한 편만으로도 그의 모든 것이 위대했고, 소동파가 도연명의 시에 신기(神氣)가 있다고 평했듯이 초의 선사는 신기(神氣)를 지닌 도인이었음을 알 수 있다.

이번엔 물고기를 보고 쓴 장자의 글을 보자.

장자가 혜자와 함께 호수의 다리 위에서 노닐고 있었다.

문득 장자가 말했다.

"피라미가 한가롭게 헤엄치고 있소. 저것이 바로 물고기의 즐거움이란 거요."

혜자가 말을 받았다.

"당신은 물고기가 아니오. 그런데 어찌 물고기의 즐거움을 안단 말이오?"

장자가 받았다.

"당신은 내가 아니오. 그런데 어찌 물고기의 즐거움을 알지 못한다는 것을 안단 말이오?"

혜자가 다시 말했다.

"나는 당신이 아니니까 물론 당신을 알지 못하오. 그렇다면 당신 역시 물고기가 아니니까 물고기의 즐거움을 알지 못한다는 게 확실하단 말이오."

장자가 대답했다.

"자! 우리 처음 질문으로 돌아갑시다. 당신은 날보고 '어찌 당신이 물고기의 즐거움을 안단 말이오.' 했지만 이미 그것은 내가 안다는 것을 알고서 내게 물은 거요. 당신은 내가 아니면서도 나에 대해 그렇듯 알고 있지 않소. 그러니 나도 물고기의 즐거움을 안단 말이오."

혜자는 서로 다른 생물로서의 장자와 물고기와는 심리적으로나 감각적 유통이 없으므로 상대방의 마음을 알 수 없다고 말한다.

그러나 장자는 만물은 둘이 아니어서 서로 통할 수 있다고 말한다. 보란듯이 활짝 피어있는 꽃을 봐도 꽃의 마음을 알 수 있고, 물 속에서 노니는 물고기를 봐도 즐거운 그 마음을 알 수 있다고 하는 것이다.

초의 선사의 시의 세계를 이해하려면 우선 '초의(草衣)'라는 이름과 그가 기거했던 '일지(一枝)'라는 집의 이름을 이해하면 좋을 것이다.

먼저 '초의'라는 의미가 담긴 시를 보자.

菜根木果慰飢腸　채근목과위기장
松落草衣遮色身　송락초의차색신

나물 뿌리와 과일로 굶주린 창자 달래고
떨어진 솔잎과 풀옷으로 빈 몸을 가린다

'초의(草衣)', 즉 풀옷이란 말은 불경 〈자경문(自警文)〉에
있는 구절이다. 그것이 선사의 법명이 된 것은 아마도 초의
라는 말이 선사의 마음에도 들었던 것 같다.
　선사의 다음 시를 보면 자신의 마음을 잘 표현하고 있다.

霧露雲霞作衣裳　무로운하작의상
霜花雪葉充餱糧　상화설엽충후량

안개와 이슬, 구름과 노을로 웃해 입고
서리 맞은 꽃, 눈 내린 잎을 양식으로 산다

다음으로 '일지(一枝)'라는 의미가 담긴 구절을 보자.

想念有鷦鳥　상념유경조
安身在一枝　안신재일지

작은 새도 품은 생각 고결하면
나무 가지 하나에서도 편히 지낸다

이 시는 한산대사(寒山大師)의 시로 삶에 있어 마음의 중
요성을 강조한 것이다. 선사가 자신이 기거하는 집의 이름
을 '일지(一枝)'로 지은 것은 일지라는 글 자체가 그대로 불
법이었기 때문이리라.

장자의 〈남화경〉에도 다음과 같은 구절이 있다.

鷦鷯巢於深山　초료소어심산
林不過一枝　임불과일지

뱁새가 깊은 산 속에 집을 짓는다해도
나무가지 하나에 불과하다

우주에서 바라보면 지구는 수많은 별들 중 작은 별 하나
에 지나지 않는다. 다시 지구에서 바라보면 티끌 하나 같은
존재가 나이고, 그 하나의 존재는 나무 가지 하나에 의지하
고 사는 새와 무엇이 다를까?

草衣 · 朝鮮 9

谷雲苒苒吐凉陰　　곡운염염토량음

選勝移來境轉深　　선승이래경전심

澗水琮琤寒射石　　간수종쟁한사석

茶煙繚繞細穿林　　다연료요세천림

神淸勝覺松風在　　신청승각송풍재

心遠都無俗韻侵　　심원도무속운침

千里誰知參雅會　　천리수지삼아회

野聲終愧和高吟　　야성종괴화고음

초의 · 조선 9

골짜기 엉킨 구름들은 서늘한 그늘 만들어

좋은 곳 찾다보니 경계만 깊어졌네

산골 물 돌에 떨어지며 옥소리 내고

차 끓이는 연기 모락모락 숲을 뚫는다

맑은 정신 깊은 깨달음 솔바람 속에 있으니

멀리 있는 마음은 속된 운치도 침범하지 않네

세상에 누가 알랴 이 같은 모임에 참여한 줄을

들에서 나는 소리로 고결한 시에 답하니 부끄럽기만 하구나

"좋은 곳 찾다보니 경계만 깊어졌다"

시간도 없고 공간도 없는 곳에 도착하려 했던가. 떠난 곳도 없고 도착할 곳도 없는데... 삶의 길은 수평선처럼 다가갈수록 멀어진다. 무(無)로부터 와서 무(無)로 돌아갈 가련한 나그네의 방황은 언제나 끝나려는가.

있는 그것이 전부가 아니고 없는 그것이 전부도 아니다. 생이 다가 아니고 죽음이 다가 아니다. 삶은 여정에 지나지 않는다. 여기와 저기, 이것과 저것, 그 가운데 지금의 내가 있다. 마치 줄 타는 광대처럼...

앞으로 가도 위험하고, 뒤로 돌아설 수도 없다. 그렇다고 그 자리에 가만 있을 수도 없다. 이 참담한 현실을 직시하는 자가 도인이다. 남들이 나를 등지는 것이야 도리 없는 일이다. 그러나 내가 나를 배신하지는 않아야 할 것인데...

삶에 있어 문제는 언제나 내 존재로 귀착된다. 무엇을 버리려 해도 내가 문제이고, 가지려 해도 내가 문제이고, 좋아하고 싫어할려고 해도 항상 내가 문제이다. 이 내 문제만 해결되면 모든 문제가 저절로 해결되는데 알다가도 모를 내가 걸린다.

하나의 인간은 군중이라는 말도 있다. 그래서 통제가 안 되는지 모른다. 불가에서도 하나 속에 있는 그 여럿을 진아(眞我-본래적인 자아), 가아(假我-만들어진 자아), 백아(白

我-물들지 않는 자아), 염아(染我-물이 든 자아) 등으로 구
분한다.

　내 존재는 분명 하나이어도 그 순간 상대하는 대상에 따
라 또 다른 내가 나서니 인간은 가면의 존재이고 때에 따라
하는 짓도 본심이 아니다.

“산골 물 돌에 떨어지매 옥소리 내고
차 끓이는 연기 모락모락 숲을 뚫는다”

　초의 선사는 지금 다시 나무가 타는 향기에 취해 있고 마
음은 연기가 되어 숲을 뚫고 있다. 왜냐하면 솔바람 속에
진리의 소리가 있으니 마음이 숲으로 들어가는 것이다. 또
숲 속에 어찌 숲만 있겠는가.
　그 속엔 세상이 다 있다. 어떤 모임 같기도 한 그 자연은
고결한 생명들의 향연장 같기도 하다.
　극락이 따로 있는가? 당처(當處)가 극락이다. 그런데 또
문득 자연과 어우러져 있는 자신의 그 모습을 남이 모르니
안타까운 생각이 들기도 한다. 들에서 나는 것 같은 우매한
자신의 소리로 고결한 자연의 소리에 답하고 있는 것이 부
끄럽게 느껴지기도 하는 것이다.

草衣·朝鮮 10

休算可能不可能　휴산가능불가능

梅花開處試扣氷　매화개처시구빙

酒邀已錯紅塵客　주요이착홍진객

詩禁何關赤脚僧　시금하관적각승

佳日石泉槐火夢　가일석천괴화몽

新春竹屋紙窗燈　신춘죽옥지창등

到頭雲樹初無定　도두운수초무정

幾輛桐鞋一股藤　기량동혜일고등

---

*홍진(紅塵) : 얕고 속된 세상.

*적각승(赤脚僧) : 알몸으로 돌아다닌다는 신선.

*운수(雲樹) : 하늘에 닿으려는 나무.

*괴화몽(槐火夢) : 허튼 꿈.

된다 안 된다 따지는 것 그만 두고

매화 피운 얼음이나 두드려 보세

술 취해 놀다 보면 속세의 나그네거니

노래 금한들 뜻대로 산다면 무슨 상관이랴

좋은 날엔 샘물에서 허튼 꿈 꾸다가

새 봄 대나무 집에선 종이등을 켰다네

구름에 다으려는 머리 애초엔 없었는데

오동나무 자라다 등나무 가지에 엉켰다네

"좋은 날엔 돌샘가에서 허튼 꿈 꾸다가
새 봄에는 대나무 집에서 종이등 켰다"

이런 짓은 너 나 없이 누구나 하는 짓이다. 말하자면 사람
으로서 진정으로 해야 할 일들이 얼마나 많은데 남의 일인
듯 제쳐놓고 아니해도 되는 짓을 하면서 한 번 뿐인 삶을
낭비하는 것이다.

꿈에도 여러 종류가 있다. 지금 초의 선사가 꾼 꿈은 그의
말대로 허튼 꿈이다. 꿈이란 다른 말로 하면 희망이다. 희
망을 또 다른 말로 하면 욕망에 지나지 않는다.

원하는 것이 충족되지 않으면 한(恨)이 되어 인간을 병들
게 하는 데도 인간은 끊임없이 꿈을 꾼다. 아니 삶 자체가
꿈이라 해도 과언이 아니다.

처음엔 사람이 꿈을 꾸고 나중엔 꿈이 꿈을 꾸면서 사람
을 꿈에서 헤어나지 못하게 한다. 꿈을 먹고 사는 게 인간
이라 하지만 꿈은 또 사람을 상하게도 만드는 이중성을 지
니고 사람을 모호하게도 만든다.

"구름에 닿으려는 생각 처음엔 없었는데
벽오동 자라다 보니 등나무에 엉켰다"

초의 선사는 이런 탄식으로 말로서 말할 수 없는 삶의 오

묘함을 우리에게 전하고 있다. 그는 그만의 언어로 말할 수 없는 것을 말했다.

그는 삶을 그렇게 표현함으로써 그 끝에서 침묵으로 우리에게 인간이란 존재를 다시 생각하게 만들었다.

애초에 구름에 가 닿으려는 의지로 삶을 출발한 것도 아니었다. 어쩌다 벽오동처럼 자라다 보니 등나무 넝쿨에 엉켜 본 모습을 잃게 된 것이다.

삶은 나의 의지와는 아무 상관없이 내가 좋고 싫은 것과는 아무 연관없이 기적처럼 돌아간다. 그럼 내가 할 일은 도대체 무엇인가?

없다! 그저 지켜보는 수밖에...

草衣 · 朝鮮 11

竟日窮嬿婉　경일궁연완

輟策古磵潯　철책고간심

幽蘭含新粉　유난함신분

佳樹貯淸陰　가수저청음

秋水晚更綠　추수만갱록

澂凉洗煩心　징량세번심

---

*연완(嬿婉) : 마음이 곱고 얼굴이 예쁜 것.

평생토록 곱고 예쁜 것 구하고 찾다가

지팡이 드디어 옛 시냇가에 멈췄네

그윽한 난초도 새 향기 머금었고

아름다운 나무 맑은 그늘 만들었네

가을 물은 해저무니 더욱 푸르러

괴로운 마음 맑게 씻어주네

美景欣同賞　미경흔동상

野調傀知音　야조괴지음

違離哲匠遠　위리철장원

誰憐秋虫音　수련추충음

廻風起將夕　회풍기장석

靑崖嵐氣侵　청애람기침

卽事當可悅　즉사당가열

休論去來今　휴론거래금

---

*지음(知音) : 뜻이 통하는 벗.
*철장(哲匠) : 현명한 사람.

좋은 자연 같이 즐기니 기쁘지만

나의 가락은 좋은 벗에게는 부끄럽다

현명한 사람도 멀리 멀리 떠나 있으니

뉘라서 가련하게 여길까 가을 벌레 소리를

회오리 바람 이는데 저녁은 다가오고

푸른 절벽에는 폭풍이 침노하네

바로 이 일에 마땅히 즐거워하면 될 것을

과거 현재 미래를 논하는 것 그만 두면 어떤가

"곱고 예쁜 것 구하고 찾다가
지팡이 드디어 갈 길을 잃었네"

초의 선사는 소유물을 위해 방황한 것이 아니다. 소유자인 자신을 포기하기 위한 방황이었다. 그는 이미 소유물이 필요없는 존재였다. 그런데 소유자가 남아 있으니 그것이 문제였다.

이제 안내자처럼 짚고 다니던 지팡이를 물가에 꽂고 만 것은 소유자도 사라졌다는 것이다. 자아가 없는 곳에는 방황도 불안도 고독도 없다. 그는 비로소 자유인이 되었다.

소유자가 없는 비존재, 그 존재는 바로 인간 본연의 모습이다. 무아(無我) 속에는 자아(自我)가 없다. 내 없는 내 존재가 얻을 게 없는 소득에 만족하게 되면 그는 이미 도에 이른 것이다.

"과거 현재 미래를 논하는 것 그만 두면 어떤가"

〈금강경〉에 "과거심 불가득(過去心 不可得) 현재심 불가득(現在心 不可得) 미래심 불가득(未來心 不可得)"이란 구절이 있다. 그 뜻은 과거심도 얻을 게 없고, 현재심도 얻을 게 없고, 미래심도 얻을 게 없다는 것이다.

과거는 이미 지나간 것이니 어쩔 도리가 없고, 현재도 붙들 수가 없으니 내놓을 게 없고, 미래 역시 아직 오지 않은 것이니 알 수 없는 것이다.

이렇게 이미 없는 것을 놓고 거기에 매달리는 것도 소득 없는 일이 되고 또 아직 오지도 않은 것을 놓고 거기에 붙 들리는 것도 소득이 없는 일이며, 현재라는 지금을 잡으 려 해도 현재라는 것은 붙들 수가 없으니 소득이 될 것이 없다.

시간은 흐름의 연속일 뿐이니 현재라고 할 기준이 없는 것이다. 왜냐하면 현재라고 하는 순간, 그 순간은 이미 과 거가 되고 그 자리에 미래가 들어온다.

그러니 있다면 찰나가 있을 뿐이다. 어떤 사물의 현상이 이루어지는 그 때 그 순간이 있을 뿐이니 그 순간을 놓치지 않아야 한다. 그 순간 속에 영원이 있다. 순간을 의미있게 살면 그것이 영원으로 통하게 되는 것이다.

그러나 이런 해석은 시간적인 해석이고 현실적으로 보면 그렇지도 않다.

우리는 역사를 통해서 과거를 만나고 신화와 만나 옛 것 을 현실처럼 대하게 된다. 또 꿈을 통해서 희망을 만나고 미래의 청사진을 현실보다 더 현실적으로 만난다. 나라는 존재 하나도 과거가 쌓여 현재를 만들어 놓고 있고 그 과거 를 딛고 미래의 꿈을 펼치고 있다.

우리는 현재를 만들어 놓은 과거를 놓고 사람을 평가하기도 하고, 그 사람의 미래를 놓고 현재를 논하기도 한다. 이렇게 되면 과거에서도 얻을 게 있고, 현재에서도 얻을 게 있고, 미래에서도 얻을 게 있게 된다.

진리라는 것 자체도 해석에 따라 그 의미가 달라지듯 형체가 없는 시간도, 형체가 있는 물질도 해석에 따라 그 의미가 달라지는 것이다.

그러므로 있다 없다 하는 그 사이에 존재하고 있는 인간은 모름지기 부분적이 아닌 전체적인 존재가 되어야 하고 긍정과 부정 사이에 있는 인간은 하나가 아닌 종합적인 존재가 되어야 한다.

惺起北窓眠　　성기북창면

河傾遙夜闌　　하경요야란

四山峭且深　　사산초차심

孤菴宿而閒　　고암숙이한

皎皎月入樓　　교교월입루

嫋嫋風生欄　　요뇨풍생란

沈沈氣冪樹　　침침기멱수

零露流竹竿　　영로류죽간

저승길 헤매다 깨어 일어나니

은하수 기울고 밤이 끝나가네

사방의 산들은 높고 깊은데

외딴 암자 고요하고 한가하구나

맑고 밝은 달빛 누대에 비쳐들고

산들거리는 바람은 난간에 이네

가라앉는 기운 나무를 덮고

맺힌 이슬은 대나무 타고 흐른다

儉素終違己　검소종위기

對此還苦顏　대차환고안

人不解意表　인불해의표

難超嫌意間　난초혐의간

胡不防未然　호불방미연

履霜方惡寒　이상방오한

漸看東頭明　점간동두명

曉霞起前山　효하기전산

지난 생활은 내 기대에 어긋났으니

이를 생각하면 마음만 쓰라리구나

인간의 깊은 속은 알 길이 없으니

거리끼고 싫은 그 사이를 벗어나기 어렵네

어찌하여 미리 막지 못했던가

아픈 과거 밟으니 오한이 일어난다

점차 밝아오는 동녘을 바라보니

새벽 안개 걷히고 앞산이 드러나네

> "저승길 헤매다 깨어 일어나니
> 은하수 기울고 밤이 끝나가네"

사람은 태어나면서부터 사실은 죽어가는 존재다. 그런데 죽을 준비는 하지 않고 살 준비만 하는 데 문제가 있다.

죽을 준비를 하는 거기에는 욕심이나 집착이 없어 이른바 죄(罪)라는 것이 발생하지 않게 된다. 그러나 살 준비를 하게 되면 어떤 형태로든 죄(罪)라는 것이 생기게 마련이다. 거기다 잠시 뿐인 생명을 붙들고 천 년 만 년 살 준비를 하니 죽어도 끝나지 않을 죄를 짓게 되는 것이다.

이런 이치를 놓고 한번쯤 자기 자신을 뒤돌아보면 어떨까?

> "인간의 깊은 속은 알 길이 없으니
> 좋고 싫은 그 사이를 벗어나기도 어렵네"

내 존재를 이해하게 되면 우주를 이해하게 된다고 했다. 잡초 하나에 살아가는 이치가 이해되면 내 존재의 길이 열린다는 말도 있다. 그러나 깊이 들어가면 갈수록 더욱 알 수 없는 게 인간이다. 우주의 신비를 알 수도 없고, 존재의 길도 열 수가 없다.

인간은 인간의 역사 이래로 인간을 분석하려고 노력했다.

그렇지만 아직도 파헤쳐 놓고 있을 뿐 덮지는 못하고 있다. 알 수 없는 존재의 신비를 놓고 가만 있지 못하는 인간은 가설을 만들어내고 허구를 조작하면서 가짜 인간을 만들어내기 시작했다.

그래서 지금 내가 알고 있는 나는 가설로 조작된 허구의 인간인지 모른다.

"거리끼고 싫은 것, 좋고 미운 것
그 사이를 벗어나면 좋겠는데
그게 또 어렵다"

천국과 지옥 사이, 생(生)과 사(死) 사이, 사랑과 증오 그 사이에 나에게도 못 오고 너에게도 못 가는 삶의 문제가 있다. 가다가 못 가고 오다가 못 오고만 그 문제를 들여다보게 되면 우리 사이에 조화가 찾아지고 합일점이 생긴다.

지금 드러나 있는 문제를 가지고 해결책을 찾으면 얻을 게 없다. 현상을 현상이게 한 숨은 조화를 찾을 줄 알아야 현명한 인간이 된다.

밖으로 나타나 있는 것 말고 안에 있는 것, 밖은 천국이고 안은 지옥일지라도 안으로 들어가야 한다. 존재의 내면에 조작되지 않은 내가 있고, 오고 가지도 못한 문제가 기다리고 있다.

어찌 좋은 것만 내 인생이겠는가. 참담하고 기억에 담고 싶지 않은 것도 내 인생이거니 그것 또한 소중한 내 삶의 일부분으로 받아들여야 한다.

불경에도 어리석은 일 돌이켜 지혜가 되게 하라고 했다. 지혜란 실수 끝에 생기고 행복도 비온 뒤 무지개처럼 찾아오는 것이다.

삶이란 좋고 싫은 것의 종합이고 인간은 선과 악으로 짜여져 있으니 버리고 취할 것이 따로 없다. 하나인 내가 전체적인 존재가 될 때 인간은 개화한다.

그래야 나를 위해 다시 뜨는 새벽 해를 볼 수 있고 안개 걷히는 신비로운 앞산도 다시 볼 수 있게 된다.

草衣 · 朝鮮 13

浮生已覺似乾城　부생이각사건성

幻業何愁不稱情　황업하수불칭정

繫俗難敎雙眼淨　계속난교쌍안정

無營方始一身輕　무영방시일신경

孤笻幾度穿山翠　고공기도천산취

一棹也能迅海青　일도야능신해청

今日重陽凌絶頂　금일중양능절정

天空塞晚雁流聲　천공색만안류성

덧없는 인생 신기루 같음을 이미 알았으니

허깨비 같은 업에 인정 없다 어찌 근심하리

속세에 얽매여 마음 맑게 하기 어려운 건

몸이 가볍고 하는 일 없음에서 비롯되리

외로운 지팡이 얼마나 푸른 산 찾았던가

노를 저어 푸른 바다에 나가보고

오늘은 산꼭대기에 올라가보니

빈 하늘 저 멀리에 기러기 소리 아련하네

> "덧없는 인생 신기루 같음을 알았고
> 허깨비 같은 업에도 관심 없다"

초의 선사는 지금 삶의 실상과 마주 서 있다. 그 실상과 마주 섬이 존재를 슬프게 만들지라도 언제까지나 허상만 붙들고 살 수 없지 않은가.

바쁘게 오고 간 덕인지 덧없는 게 인생인 줄 알았고, 전생(前生)이니 후생(後生)이니 해도 그게 다 허깨비 같은 것인 줄을 이미 깨달았다.

불법을 공부한 초의 선사는 이미 불법을 넘어서 있다. 본래 여기 있는 나는 나지도 죽지도 않을 것이란 걸 초의 선사는 벌써 터득했다.

> "정이라 칭할 것도 우수에 잠길 것도 없다"

> "속세에 얽매여 마음 맑게 하기 어려운 건
> 몸의 가볍고 하는 일 없음에서 비롯되리"

여기에 아주 중요한 인생 문제가 나왔다. 모든 문제가 하는 일 없음에서 비롯된다. 뚜렷한 목적 의식을 가지고 큰 일에 매달리게 되면 작은 일에 신경 쓸 겨를이 없게 된다.

순간으로 끝날 생명을 영원으로 이어 줄 보람 있는 일

을 찾지 못한 인간이 괜히 자신에게 짜증내고 남에게 시
비한다.

　무아(無我)나 무심(無心)은 도달해야 할 목적지가 아니다.
무엇인가 인간으로서 자기 할 일에 열중 할 때 그 때 잊혀
지는 내가 무아(無我)이고 사라지는 내가 무아(無我)이다.

　억지로 없애려고 하면 그 이상 솟아나는 게 존재의 속성
이다. 억제당하는 것만큼 분출하는 게 본래 인간의 속성이
아니던가.

　무심하려고 노력하면 더욱 유심해지고 만다.

　일을 찾으라. 내가 아니면 안 되는 나만의 일을...

　무심을 위해, 무아를 위해...

斂別當秋晚　　서별당추만

含情獨自知　　함정독자지

寒螿鳴雨夜　　한장명우야

露雁唳天時　　로안려천시

黃葉侵鞋跡　　황엽침혜적

靑燈照鬢絲　　청등조빈사

指端一輪月　　지단일륜월

兩處相望宜　　양처상망의

늦가을에 이별을 당하고 보니

혼자 품었던 정 스스로 알겠네

비 내리는 밤 추운 매미 슬피 울고

이슬 맞은 기러기 울음으로 천시를 알린다

어느 덧 낙엽은 발길마다 채이고

저승의 등불은 귀밑머리 비춘다

손가락 끝의 저 달은

어디서나 같이 보련만…

"늦가을 이별을 당하고 보니
혼자 품었던 정 스스로 알겠네"

누구나 당해봐야 안다. 후회도 실수도 당한 끝에 오는
것이다. 미리 후회하고 실수란 걸 느껴도 당해보기 전에는
모른다. 같이 있었어도 결국 혼자 있는 것이고 정을 품었
다 해도 결국 혼자서 몸부림친 것이다. 그건 도리 없는 일
이다.

신(神)도 그 자체의 신을 믿는 게 아니고 내가 만든 신을
믿는 것이다. 부처도 마찬가지다. 나 역시 조작된 가상물에
지나지 않으니 결국 허상과 허상과의 만남이다.

끝에 가서는 배신이 따를 수밖에 없고 후회가 있을 수밖
에 도리가 없는 것이다.

그러니 좋아졌다 싫어졌다 하는 그 자체를 즐길 줄 아는
제 삼의 자기가 형성되어 있어야 한다.

"저승의 등불은 세월을 비춰주고
손가락 끝의 저 달은"

어느 순간 문득 자신을 바라 본 초의 선사의 비애는 드디
어 달로 간다. 손가락 끝의 저 달은 찼다가 비었다 하건만
인생은 한 번 가면 다시 되돌아오지 못하니 그것이 한스럽

게 느껴진다.

되풀이 될 수 없는 삶이란 것을 낭비하고 만 것인가? 존 재의 의미나 가치를 찾으려 해도 찾을 길이 없다.

옛 사람의 말에 "좋은 일은 발톱 자라기고 나쁜 일은 손 톱 자라기다."라고 했다.

사람은 누구나 불행을 겪는다. 그런데 이 불행이란 것은 그냥 오는 게 아니고 과정을 거친 후에 나타난다.

처음에 불안이 덮친다. 까닭이 있는 불안도 있고, 까닭이 없는 불안도 있다. 이 불안이 덮치면 인간은 고독해진다. 왜냐하면 대화의 상대가 없기 때문이다.

아무도 없다는 고독은 인간을 방황하게 만든다. 그런데 갈 곳이 없다. 아무 데를 가도 좋은 데 갈 곳이 없고 누구를 만나도 좋은 데 만날 사람이 없다.

이 방황의 폭풍이 인간에게 비로소 불행을 느끼게 한다. 그러니 불행해지지 않으려면 먼저 불안에 휩싸이지 않아야 하는 것이다.

草衣 · 朝鮮 15

雲從到此愛幽居　운종도차애유거

邱壑情緣笑未除　구학정연소미제

細月娟娟新霽夕　세월연연신제석

斜陽艶艶澹燃墟　사양염염담연허

安貧達士誰能致　안빈달사수능치

高尙明時易見疏　고상명시이견소

江近林深人迹少　강근임심인적소

此中友樂半禽魚　차중우요반금어

구름 쫓아 이른 곳 그윽함이 좋아서

산과 계곡에 끌리는 고운 정 버리지 못했네

곱디 고운 초생달 비개인 저녁 하늘에 새롭고

탐스러운 햇살과 맑은 안개 옛터에 드리웠네

세상사 잊고 사는 사람 누가 이를 수 있을까

고상하고 밝아지면 멀어지기 쉬운 법

강가의 깊은 숲은 인적이 드물어도

이 가운데 좋은 벗은 새와 물고기로다

"구름 쫓아 이른 곳 하도 좋아서
자연에 끌리는 정 끊을 수 없구나"

자연은 인간을 배신하지 않는다. 피어나는 꽃이 좋아 바라보면 더욱 활짝 피어나고 무성한 나무를 보고 만져주면 자신의 기운으로 사람을 감싼다.

어디 비라도 뿌려야 할 곳이 있는지 바쁘게 가는 구름을 쫓아가 보니 그윽하게 펼쳐진 자연이 사랑스러워 끊지 못할 정이 든단다.

그런데 사람과의 관계는 언제나 그렇지 않다. 이롭다 싶으면 좋다고 날뛰다가 해롭다 싶으면 싸늘하게 돌아서 등에다 칼을 꽂는다. 사람과의 관계는 언제나 거래 이상의 의미는 없다.

그러므로 이로워야 하고 해롭기 전까지의 어울림이 '우리'라는 말의 의미이다. 하지만 자연은 그렇지 않다. 보는 것만 보여주고 듣는 것만큼 들려주며 사람이 돌아서도 자연은 돌아서지 않는다.

"이 가운데 좋은 벗은 새와 물고기로다"

자연과 벗할 수 있는 사람은 외롭지 않다. 자연에는 무한한 언어가 있기에 대화가 막히는 일이 없는 것이다. 그런데

한정된 언어를 사용하는 인간과 얘기를 하려고 들면 그만
더 외로워지고 괴로워지고 만다.

　부르는 내 소리와 답하는 남의 소리가 맞아 떨어지지도
않는다. 인간이란 존재는 본래 자기가 하고 싶은 얘기만 하
려고 들고 듣고 싶은 얘기만 들으려 하기 때문에 대화가 성
립될 수 없다.

　그래서 아무리 긴 얘기를 해도 그것은 독백으로 끝나고
말뿐, 대화로 이어지지는 않는다. 그런가 하면 또 꾸미려고
든다. 있는 그대로를 덮어두고 꾸미려고 드는 여기에서 상
대와의 거리는 점점 더 멀어진다.

草衣 · 朝鮮 16

斜日西馳雨散東　사일서치우산동

詩囊茶椀小舟同　시낭다완소주동

雲開正滿天心月　운개정만천심월

夜靜微凉水面風　야정미량수면풍

千里思歸何所有　천리사귀하소유

一身餘累竟難空　일신여누경난공

誰知眾疊靑山客　수지중첩청산객

來宿金波萬頃中　내숙금파만경중

---

*산(散) : 흩어질 산, 거문고 산조 산.
*누경(累竟) : 얽힌 경계, 업보, 전생에 지은 죄값.

서쪽으로 해지려 하니 동쪽에서 빗방울 휘날리고

시가 든 몸과 차 그릇이 작은 배와 함께 했네

어느덧 구름 개이고 천심월까지 가득 실리니

밤의 고요 속에 수면 위로 서늘한 바람이 분다

이 한 몸에 얽힌 업보 지우기 어려우니

누가 알리오 파란 중첩된 청산의 나그네는

만경창파에 금물결이 일어도 잠을 청하고 있음을

> "해가 서쪽으로 말이 달리듯 가니
> 동쪽에서 비가 거문고 산조처럼 내린다"

초의 선사는 이 시로 우리에게 자연의 신비를 전해주고 있다. 그는 이렇게 자연과 대화하며 사랑을 나눌 수 있었던 사람이었다. 지는 해가 말이 달리듯 사라지고 맞은 쪽에서 내리는 빗줄기는 마치 거문고 줄과 같고 그 소리는 거문고 가락과도 같이 들리고 있다.

지금 음악과 더불어 숨 쉬는 초의 선사의 세계가 한없이 우아하고 고결해 보이지 않는가.

초의 선사는 지금 시를 가지고 사람들에게 음악을 이해시키고 있다. 왜냐하면 음(音)은 사람의 마음에서 자연스럽게 흘러나오는 것이라 음을 이해하면 삶의 이치를 쉽게 터득할 수 있기 때문이다.

〈논어〉에서도 시적(詩的) 감응을 중시한다. 왜냐하면 시적 감응은 참다운 것과 선한 것과 아름다운 것을 지향하게 하므로 공자는 정서의 출발점을 시라고 보고 시를 강조한 것이다.

그리고 다음으로는 무정(無情)과 유정(有情), 우연과 필연 등의 삶을 노래하는 음악을 문제시 하였다. 사람은 음악을 이해하고 그 음악과 조화할 줄 알아야 인격이 완성된다고 본 사람이 공자다.

공자가 음악을 그렇게 해석하는 것은 삶의 흐름이 다 높고 낮은 음악 같으므로 음악을 이해하고 터득하게 되면 자연히 삶을 잘 운영할 수 있다고 생각한 것이다.

"어느덧 구름 개이고
하늘의 마음을 담은 달이 가득히 비치니"

초의 선사는 또 찼다 비었다 하는 달이 그렇게 가득 찼다가 텅 비었다 하는 사람의 마음 같이 보였고 그 달에서 하늘의 마음까지 보았다.

천심(天心)과 인심(人心)이 다르지 않다는 생각은 옛날부터 해왔고 또 유교에서는 천인합일(天人合一)의 경지를 최상의 목표로 삼았다.

인간이 끊임없는 수행에 의해 자기 안에 있는 하늘과 융화되면 경계 안에 있는 자아가 초극되고 드디어 천인합일의 경지에 이르게 된다고 보는 것이 유교적 입장이다.

"이 한 몸에 얽힌 업보 없애기 어려우니"

옛날 우리에겐 네가 그렇게 살고, 내가 이렇게 사는 것에 대한 답이 없었다. 그저 운명이니 숙명이니 하는 말로 생사에 관한 문제를 논했다. 그러던 것이 불교가 들어오면서 삼세인과법(三世因果法)을 내놓았다.

"내세(來世)의 생활은
다 전세(前世)의 업(業)에 의한 것이고
후세(後世)의 생활은
금세(今世)의 업(業)에 따라 결정된다"

막연한 말로 위로를 찾던 사람에게 이해가 되는 답이 나오자 모든 사람들은 고개를 끄덕였다.

오늘의 생이 전부가 아니고 삼세를 통하여 길이 유전된다는 인과 관계는 사람들의 마음을 사로잡아 마침내 권선징악(勸善懲惡)의 길까지 안내 했다.

차륜(車輪)의 회전이 그지없는 것처럼 중생이 삼계육도(三界六道)의 미혹의 세계에서 생사를 되풀이한다는 이 윤회설은 불교를 이 땅에 정착하게 한 중요한 근거가 되었다.

만일 이러한 윤회설이 없었다면 불교는 오늘과 같은 번영을 누리지 못했을지도 모른다. 아니 이건 불교만의 문제가 아니라 모든 종교에서 윤회설을 빼버리면 종교 자체가 성립하지 않는다. 바로 말하자면 성인 교육에 있어 협박 수단에 불과한 윤회설이 종교의 근간을 이루고 있는 것이다.

그런데 여기에도 여러 파가 있다. 이타구제(利他救濟)의

입장에서 인간의 평등과 성불(成佛)을 주장하는 대승(大乘)
이 있는가 하면, 수행에 의한 개인의 해탈을 가르치는 소승
(小乘)이 있고 그 외에도 여러 파가 저마다 우뚝 서 주장을
달리하고 있는 것이다.

　여기에서 우리는 부처의 본 음성이 무엇인가를 스스로 찾
아야 한다.

大道至深廣　　대도지심광

如海浩無潯　　여해호무심

普作群有依　　보작군유의

如樹覆涼陰　　여수복량음

妙用明歷歷　　묘용명력력

强號謂之心　　강호위지심

焉敢持不根　　언감지불근

큰 도는 지극히 넓고도 깊어

바다 같이 물 끝이 없네

진리는 모두가 의지하는 바라

나무 같이 그늘을 드리운 것 같네

묘한 작용은 뚜렷해도 알 수 없어

억지로 마음이라 이름 붙였더라

어찌 감히 뿌리없이 의지하리오

曾聞海潮音　증문해조음

況入君子室　황입군자실

共爲如實吟　공위여실음

月冷雪明夜　월냉설명야

靜休諸緣侵　정휴제연침

君看無生理　군간무생리

萬古卽長今　만고즉장금

일찌기 진리의 소리 들려 왔었다

하믈며 군자의 경지에 들어가서

함께 꼭 같이 탄식을 하고 있을까

차가운 달빛 안고 밝은 밤에 내리는 눈처럼

고요히 쉬어도 온갖 인연이 침범하는데

그대는 보았는가 무생의 이치를

한 없는 세월도 바로 지금이더라

 | 解說

"큰 도는 지극히 넓고도 깊고 높아"

　불교의 도는 차안(此岸)에 있는 나를 피안(彼岸)에 데려다 놓는 배와도 같은 것이다. 다시 말하면 생사(生死)의 세계에서 허덕이는 나를 열반의 세계에다 데려다 놓는 사공이 도(道)다.

　유교의 도는 그저 사람이 가는 올바른 길이다. 다시 말하면 인간이 살아가면서 지켜야 할 당연한 도리인 것이다.

　그런가 하면 도교의 도는 천지 만물의 생성 근원이다. 도는 모든 것의 근원이며 본체이며 진리다.

　그러므로 도는 말이 되는 것도 아니고 글이 되는 것도 아니다. 도는 말이나 글이 가 닿을 수 없는 심연 속에 있다. 도는 이름도 모양도 없는 그 무엇이다.

　우리의 문화는 이 불교의 도와 유교의 도와 도교의 도가 혼합되어 이루어져 있기 때문에 우리는 자신의 뜻과는 관계없이 이 세 종교의 이념에 지배 받으며 살고 있다. 오죽하면 비유하기를, 우리는 예외없이 도교의 모자를 쓰고 유교의 옷을 입고 불교의 신발을 신고 다닌다는 말까지 나왔을까.

　이렇게 우리는 세 종교의 도에 의해 생활을 하고 있는 만큼 자신의 본질을 알려면 이 종교들의 이념을 공부해야 하는 것이다.

"오묘한 작용 뚜렷해도 알 수 없어
억지로 마음이라 이름 붙였더라"

"마음, 그것을 무엇이라 부를까.
그것은 묵화(墨畵)에서 나오는 바람소리다"

마음은 실재라고 할 수도 없고 비실재라고 할 수도 없다. 먹으로 그린 대나무 그림은 그림일 뿐이다. 그런데 그림이 바람에 휘날리고 있다면 우리는 그 그림에서 바람을 보고 바람 소리를 듣는다.

실제로 없는 것을 보고 듣는 이것이 마음이다. 있는 것을 토대로 하여 없는 것을 만들어내고 상상만으로 온갖 환영을 다 만들어 스스로 착각을 일으키고 스스로 황홀경에 빠지게 하는 것, 이것이 마음이다.

그런가 하면 고려의 보조국사 지눌은 마음에 대해 "우리가 무심(無心)에 대해 논하지만 무심은 마음 자체를 없애는 것이 아니다. 비유하자면 병(瓶)은 그대로 둔 채 그 병 안에 담았다 비웠다 하는 것을 없애자는 것이다"라고 설명했다.

마음이라는 본체는 그대로 두어야 한다. 아니 그 보다 잘 지켜야 들락거리는 문제들을 관리할 수 있는 것이다.

"오묘한 작용이 뚜렷한 것 같아도 알수 없어

억지로 마음이라 이름 붙인 그 마음에 대해 명상하자"

마음과 몸은 본래 분리될 수 없는 하나이다. 우리가 분리해서 말하는 것은 편리상 그러는 것이다. 몸의 가장 깊은 곳이 마음이고 마음의 가장 바깥에 있는 것이 몸이다.

이런 말이 필요 없이 우리는 사람을 얼른 보고도 그 사람의 마음을 대강 짐작하게 된다. 그리고 하는 짓을 보면 분별이 되고 판단이 서기도 한다.

그럴 수 있는 것은 몸이란 것이 저 혼자 어떤 표정을 짓거나 행동을 하는 게 아니고 그것이 다 마음의 표현이기 때문에 그 사람이 어떠하다는 것을 알게 되는 것이다.

미친 사람, 마음이 떠나버린 사람을 보았는가. 그 몸은 이미 사람의 몸이 아니다. 살아있다 해도 그 몸은 이미 사람 대접을 받지 못한다. 주인 없는 빈 집과 같은 이 몸은 가야 할 길을 모르고 해야 할 일도 모르고 누구를 만나야 할지도 모른다. 이렇게 사람의 마음은 중요한 것이다.

공자가 사람은 마음 속에 오래된 병이 없어야 사람 구실을 할 수 있다고 강조한 것도 다 뜻 깊은 소리였다. 알다가도 모를 것이 사람이라 했다. 어떤 자극이나 충동을 받으면 어디서 어디로 튈지 모르는 그 마음을 제대로 관리해야 하는 것이 인간이라 초의 선사도 이런 시를 썼을 것이다.

이 구절은 한 마디로 놀라움을 금치 못할 깊은 의미를 담고 있다. 서양 철학에서 "사람의 관계란 상대를 침략하는 것에 지나지 않는다"는 감동적인 말이 있다.

우리는 일반적으로 사람 사이를 '관계'라는 말로 표현한다. 그렇게 미화된 말을 사용하기 싫은 사람은 현실적인 표현으로 서로를 침략하는 것이라고 표현하는 것이다.

그런데 그 옛날에 수행자인 초의 선사가 "고요히 쉬고자 해도 모든 인연이 나를 침략한다"는 글을 썼으니 이건 감동이 아닐 수 없다.

다음과 같은 말도 있다.

"사람의 관계란 그것이 어떤 관계든 간에
가해자인 동시에 피해자의 범주를 벗어나지 못한다."

아마도 이 말에 공감하지 않는 사람은 없으리라. 그렇다면 초의 선사가 인연이 나를 침략한다는 말도 이해가 될 것이다.

草衣·朝鮮 18

一葉驚秋殞山林　　일엽경추운산림

凄凉白雁北來音　　처량백안북래음

雲冥古館三生遠　　운명고관삼생원

月冷新亭一夢深　　월냉신정일몽심

水向橋邊成咽響　　수향교변성열향

雲從城上結愁陰　　운종성상결수음

分明記得心中眼　　분명기득심중안

雖在重泉見我心　　수재중천견아심

가을에 놀란 잎새 하나 산림에 떨어지고

처량한 흰 기러기 북에서 오는 소리 난다

밤 구름은 옛 집에서 삼세인연 멀어지게 하고

차가운 달 새 집에서 하나의 꿈 깊어지게 하네

다리 아래 물결 목매여 울어대니

성 위의 구름도 따라서 수심이 맺혔구나

마음 속의 눈빛 분명히 새겨 얻으면

비록 아무리 깊은 곳에 있어도 내 마음 보게 되리

> "가을에 놀란 잎새 하나 땅에 떨어지고
> 처량한 기러기 고향 떠난 소리 난다"

자연도 있는 그대로 보이는 게 아니고 내 마음이 투사되어 나타난다. 내 마음이 즐거우면 우는 새소리도 노래 같이 들리고 어둡게 비치는 구름도 꽃처럼 보인다.

인간을 만물의 영장이라며 그 위대성을 아무리 강조해도 마음의 장난에 이렇게 휘둘린다. 밤과 낮에 휘둘리는가 하면 맑은 새벽 빛과 붉은 저녁 노을에도 맥을 못추고 눈이 오면 뛰다가 비가 오면 주저 앉는다. 남의 가락에 춤추는 이 마음을 자기 가락에 춤추게 해야 하는 게 도(道)이고 선(禪)이다.

> "밤 구름은 옛 집에서 삼세인연 멀어지게 하고
> 차가운 달은 새 집에서 하나의 꿈 깊어지게 하네"

여기서 지금 어떤 일이 발생하는 것은 단순히 이 세상만의 문제가 아니다. 아득한 옛날 이미 저 세상에서 있었던 무슨 인연이 이제서야 어떤 계기를 만나 나타나고 있는 것인지 모른다. 내 삶의 무슨 변화가 저 우주의 어느 별에서 비롯된 인과의 조화인지도 알 수 없는 것이다.

"진제(眞諦)는 덮어놓고 속제(俗諦)만 얘기하자."

불가에서 하는 이 말은 알 수 없는 것은 덮어놓고 말이 되는 것만 얘기하자는 것이다. 삶은 신비이다. 우리는 모두 알 수 없는 곳에서 와 알 수 없는 곳으로 가고 있을 뿐이다.

"전에 살던 집에서는 어두운 구름이
모든 인연 멀어지게 하더니
새 집에 오니 차가운 달이 꿈을 깊게 꾸게 한다"

예전에 몸을 담았던 집에서는 어두운 구름이 끼여 삼세인연도 끊게 했다. 그런데 또 새로운 마음의 집에서는 차가운 달이 꿈을 깊이 꾸게 한다.

삶이란 이래도 문제고 저래도 문제고 거기 있어도 문제고 여기 와도 문제다. 운수(雲水) 같은 삶에 과연 집까지 필요 있을까? 작은 방 하나면 어떨까?

물고기도 몸 안에 빈 방인 부레가 있어야 뜨고 가라앉는 것을 조절하며 먹이를 찾고 쉬기도 한다. 하물며 인간의 마음에 빈 방 하나 없어서야 되겠는가. 문제는 어떤 필요를 느끼고 마음의 빈 방 하나 마련해도 그 방의 열쇠는 남이 들고 다닌다. 아무리 비밀스럽게 빈 곳을 지키려 해도 곧 방의 주인이 바뀌고 마는 것이다.

甎榻承案淨　전탑승안정

膽瓶傍爐香　담병방로향

古石含苔潤　고석함태윤

新苗舒嫩黃　신묘서눈황

裊裊茶烟碧　요요차연벽

冉冉雲氣凉　염염운기량

側想幽人意　측상유인의

皎皎潔氷霜　교교결빙상

평상에 자리 펴고 맑은 문제 받으니

쓸개는 담아 향로 옆에 두었다

오래 된 돌 이끼 머금어 윤기 나고

새싹은 연한 황금빛 펼치는데

모락모락 나는 차 연기 푸르고

뭉게뭉게 피는 구름 기운 차갑다

그윽한 사람의 뜻 담을 찾으니

얼음과 서리처럼 맑고 밝구나

> "자리 펴고 앉아 문제 받으니
> 쓸개는 담아 향로 옆에 두었다"

문제에 부딪히니 괜히 날뛰는 마음을 없애기 위해 쓸개를
병에 담아 향로 옆에 두었단다.

담력(膽力)이란 것이 본래 겁이 없는 기운이니 답을 찾는
데 방해가 될 수 있어 그랬을까? 그런데 왜 하필이면 향로
옆인가?

몸 안에 있던 것이 밖으로 나오면 상하기 마련이라 보관
에 신경 쓴 것인가. 살다보면 때로 담력도 필요하니 언젠가
그 때를 위한 배려인가.

> "그윽한 사람의 뜻에 답을 찾으니
> 얼음과 서리처럼 맑고 밝구나"

본래 문제라는 것이 형식을 갖출 수 없어 형식을 갖춘 답
이 나올 수 없는 데도 답을 찾았단다.

어느 선사가 말했다.

> "부처라는 악동이 세상에 나타나

많은 사람들을 미혹하게 만들었다"

초의 선사가 쓸개 떼어 놓고 찾은 답이 이런 것은 아니었을까? 아니면 그런 말을 내뱉은 선사가 더 악동이어서 세상을 다시 미혹하게 만든다고 생각했을까?

아무튼 답을 찾고 보니 산은 높고 물은 흐르고 하늘은 위에 있고 땅은 밑에 있다. 자연은 얼음과 서리처럼 언제나 맑고 밝은데 사람이 괜히 나서서 무엇을 한단 말인가. 세상은 있는 그대로 좋은데 도대체 사람이 나서서 무슨 짓을 한단 말인가.

인간은 이상하고 세상은 얄궂기만 하다. 문제도 없는데 벌써 해답을 준비해 가지고 덤빈다. 그리고는 깨달았다고 으스댄다. 그 허구와 위선을 이해하는 것이 진정한 깨달음이다.

2

선라·고려시대 다시(茶詩)

金喬覺 · 新羅

- 送童子下山 -

空門寂莫汝思家　공문적막여사가

禮別雲房下九華　예별운방하구화

愛向竹欄騎竹馬　애향죽난기죽마

懶於金地聚金沙　뢰어금지취금사

漆瓶澗底休招月　칠병간저휴초월

烹茗甌中罷弄花　팽명구중파롱화

好玄不須頻不淚　호현불수빈불누

老僧相半有煙霞　노승상반유연하

*김교각 : (696~794) 신라 성덕왕의 첫째 아들로 속명은 중경(重慶)이다. 24세에 당나라에서 출가하여 교각(喬覺)이라는 법명을 받았다. 안후이성 구화산에서 화엄경을 설파하며, 중생을 구제하는 지장보살의 화신으로 평가 받았다.

김교각 · 신라
- 하산하는 동자를 보내며 -

비어 있는 곳이 적막하니 너는 집 생각을 하고

구름 낀 방과 이별한 채 구화산을 내려가나

대난간에서 죽마 타는 것이 사랑스러웠는데

이제는 금지에서 금사 모으기도 게을러지는구나

산골 물 길으며 달을 초대하는 것도 그만 두고

차 달이며 꽃을 희롱하는 것도 그만 둘래

사랑은 알 수 없는 것 기다리지 말고 눈물 거두리

노승은 안개와 노을이나 벗하며 살아야지

*송동자하산 : 하산하는 동자를 보내며

"비어 있는 곳이 적막하니 너는 집 생각을 하고
구름 낀 방과 이별한 채 구화산을 내려가는구나
대난간에서 죽마 타는 것이 사랑스러웠는데
이제는 진리의 창고에서 진리 모으기도 게을러지는구나"

아마도 어린 중이 수행하러 절에 왔다가 외로움을 못 견
디고 그만 산을 내려가게 되었는가 보다. 그 아이의 노는
것이 사랑스러웠는데 그가 가고 나니 불경을 펴기도 싫고
진리를 찾는 데도 게으름이 생긴다고 하소연을 하고 있다.
　아무리 수행을 하고 도를 닦아도 사람의 정은 어느 구석
에 숨어 있다 다시 살아나는 것인지 알 수 없다는 인간적인
고백이 구절 구절 맺혀있다.

"산골 물 길으며 달을 초대하는 것도 그만 두고
차 달이며 꽃을 희롱하는 것도 그만 두자
사랑은 알 수 없는 것 기다리지 말고 눈물 거두리
노승은 안개와 노을이나 벗하며 살아야지"

혼자 살아왔던 스님에게 그 아이는 자식 같고 손자 같은
마음이 들었던가 보다. 이 구절에 와서는 진리 찾는 것은
고사하고 그 동안 계속 해왔던 일상 생활마저 하고 싶지 않
단다.

그리고는 다시 한탄한다.

"사랑은 알 수 없는 것, 기다리지 말고 눈물 거두리"

이 말 속에 숨은 스님의 마음을 읽을 수 있다. 혹시나 다
시 오나 싶어 목을 빼고 문 밖을 내다 보다가 다시 신발을
신고 길에까지도 수없이 나가 보았으리라.

大覺國師·高麗

露苑春峰茗事求　　노원춘봉명사구

煮花烹月洗塵愁　　자화팽월세진수

身輕不役遊三洞　　신경불역유삼동

骨爽俄驚入九秋　　골상아경입구추

仙品更宜鍾梵上　　선품경의종범상

清香便許酒詩流　　청향편허주시유

靈丹誰見長生驗　　영단수견장생험

休向崑臺問事由　　휴향곤대문사유

---

*대각국사 : (1055~1101) 고려 시대의 승려. 이름은 후(煦), 자는 의천(義天)이다. 중국 송나라에서 유학하고 돌아와 교선일치(敎禪一致)를 역설하며 천태종(天台宗)을 개창하였다.

대각국사 · 고려

이슬 내린 동산이나 봄 맞은 봉우리에서 차를 구해

차를 끓이고 달을 삶아 세속의 우수를 씻네

가벼워진 몸은 온 동네를 다녀도 피곤하지 않고

밝아진 마음도 갑자기 놀라 구추에 드네

선인의 품격은 다시 마땅히 불경소리 높이는 것이려니

차의 향기는 술과 시의 흐름도 쫓게 하네

오래 산다는 신선의 음식을 누가 증험했는가

곤륜산을 향해 쉬면서 그 사유나 물어보세

　　"이슬 내린 동산이나 봄 맞은 봉우리에서 차를 구해
　　차를 끓이고 달을 삶아 세속의 우수를 씻네"

　차를 끓이면서 세월도 같이 삶아 세속의 우수를 씻어 낸
단다.

　우리도 이 시인을 닮아야 하지 않을까?

　설익은 세월을 타고 그저 흘러가고 세속의 우수에 그냥
짓눌러 계속 신음할 수 없지 않은가. 생활을 해야 하는 생
명이라 세속을 벗어날 수 없다면 세속을 초월해야 하리라.

　세상을 마주보고 살면 앞에 것만 보이지 뒤에 것은 보이
지 않는다. 저 높은 곳에서 보면 뒤에 것도 보이고 멀리 있
는 것도 보이게 되니 스스로를 승화시켜야 하지 않겠는가?

　　"가벼워진 몸은 어디를 다녀도 괜찮고
　　밝아진 마음은 세월이 흘러가도 놀라지 않네"

　도(道)를 틔운다는 게 무엇인가?

　무거운 몸 가볍게 하고 어두운 마음 밝게 하자는 것인데
차라는 것은 도(道)를 틔우게 도와준단다.

　사람이 도가 터지게 되면 세월의 끝을 만나도 놀라지 않
게 되고 스스로 여유를 찾게 된다. 지금 이 순간에 저승사
자가 와도 기꺼이 동행하는 존재가 된다.

　사람이 부분적인 것에 치우치지 않고 전체적인 것을 보게
되면 순간적인 현상에 집착하지 않게 되는 것이다.

“선인의 품격은 다시 마땅히 불경소리 높이는 것이려니
　　　차의 향기는 술과 시의 흐름도 쫓게 하네”

　차의 향기는 수행인에게 마땅히 해야 할 의무도 다하게
하지만 또 세상의 흐름도 따르게 한다.
　차와 술이 무엇이 다른가?
　마시고 취하는 것은 다 같다.
　일반인과 수행인도 다른 게 아니다. 다 같은 사람이니 사
람이 먹고 마시는 것이 다를 수 없다. 되고 아니 된다는 계
율은 진리가 아니다.
　계율은 사람이 살아가는데 있어 인위적으로 설정해 놓은
규범에 지나지 않는다. 규범에 매이다 보면 진리마저 놓친다.

李圭報·高麗 1

芳信飛來路幾千　　방신비래로기천

粉牋糊櫃紅絲纏　　분전호궤홍사전

知予老境偏多睡　　지여노경편다수

乞與新芽摘火前　　걸여신아적화전

官峻居卑莫我過　　관준거비막아과

本無凡餉況仙茶　　본무범향황선차

年年獨荷仁人貺　　연년독하인인황

始作人間宰相家　　시작인간재상가

---

*이규보 : (1168~1241) 고려 중기의 문신, 문인. 자는 춘경(春卿), 호는 백운거사(白
雲居士), 지헌(止軒), 삼혹호선생(三酷好先生)이다. 당대의 명문장가로 그
가 지은 시풍은 자유분방하고 웅장한 것이 특징이다.

향기로운 서신 몇 천 리나 날아 왔는가

흰 종이로 꿰를 바르고 붉은 실로 매었구료

내 늙어 잠 많은 줄 알고서

한식 전의 새 잎을 구해 주었네

벼슬이 높아도 가난하기 이를 데 없는 나이라

그저 먹을 것도 없는데 하물며 선차라니

해마다 혼자 어진 사람 주는 것 받으니

비로소 사람 사는 재상집이네

"향기로운 서신 몇 천 리나 날아 왔는가
흰 종이로 꿰를 바르고 붉은 실로 매었구료
내 늙어 잠 많은 줄 알고서
한식 전의 새 잎을 구해 주었네"

정성은 언제나 사람을 감동시킨다. 하나의 선물에서도 그 사람의 마음이 그대로 전해진다. 보낸 사람의 정성이 들어가 있으면 그 정성이 그대로 사람을 감동시키는 것이다.

주고 받는데 사람의 정이 오고 간다 하지만, 내가 내놓은 것 상대가 받아 고맙게 느끼지 못할 것이면 차라리 내놓지 않는 게 낫다.

그런데 사람들은 대개 자기가 싫은 것 인심 쓰듯 남에게 내보이며 속 보이는 짓을 하지 않는가.

"벼슬이 높아도 가난한 나이라
그저 먹을 것도 없는데 하물며 선차라니
해마다 혼자 어진 사람 선물 받으니
비로소 사람 사는 집 같구나"

사람 사는 게 별 것 아니다. 별 것 아닌 것에서도 사람의 정을 느낄 수 있으면 주위에 훈기가 돌고 살아가는 재미와 의미를 느끼게 된다.

그러나 오고 가는 따뜻한 마음도 둘 곳 없는 메마른 세파 속에서는 차가운 냉기만 감돌 뿐이다.

작은 선물 하나에도 감동할 수 있는 마음은 분명 선한 사람의 마음이고 복 받을 마음이다. 남의 성의를 받고도 감사할 줄 모르는 마음을 어찌 사람의 마음이라 하겠는가.

李圭報 · 高麗 2

塼爐活火試自煎　전로활화시자전

手點花甕誇色味　수점화옹과색미

粘粘入口脆且柔　점점입구취차유

有如乳臭兒與稚　유여유취아여치

肅然房內無一物　숙연방내무일물

愛聽笙聲壺鼎裏　애청생성호정리

評茶品水是家風　평차품수시가풍

不要養生千世榮　불요양생천세영

이 규 보 · 고려 2

돌화로 불 피워 스스로 차를 끓이니

손에 닿는 찻잔과 색과 맛이 자랑스럽네

볕는 그 맛 입안을 연하고 부드럽게 하고

젖내음 같은 게 있으니 아이처럼 어려지기도 하는구나

숙연한 방 안에는 아무 것도 없는데

솥 안에서 차 끓는 소리 사랑스럽게 들리네

차 고르고 물 가리는 것은 이 집의 가풍

더 잘 살고 영원한 영화도 바라지 않으리

"돌화로 불 피워 스스로 차를 끓이니
손에 닿는 찻잔과 색과 맛이 자랑스럽네
달아 붙는 그 맛 입안을 연하고 부드럽게 하고
젖내음 같은 게 있으니 아이처럼 어려지기도 하는구나"

오묘한 차의 진미를 알고 그 맛을 스스로 낼 줄 안다는 것은 벌써 삶의 멋까지 아는 사람이다. 그런 사람은 이미 가벼워도 뜨지 않고 무거워도 가라앉지 않는 인간적인 무게를 지니고 있기에 스스로 별처럼 빛난다.

아름다운 인간적인 빛은 꾸민다고 나타나는 게 아니고 잘 봐달라 한다고 잘 봐지는 게 아니다. 속에서 저절로 우러나오는 진(眞)·선(善)·미(美)는 내면에 지(知)·정(情)·의(意)가 갖추어져 있어야 비로소 가능한 것이다.

"숙연한 방 안에는 아무 것도 없는데
솥 안에서 차 끓는 소리 사랑스럽게 들리네
차 고르고 물 가리는 것은 이 집의 가풍
더 잘 살고 영원한 영화도 바라지 않으리"

이 시인은 '이제 그만할 줄 아는 사람'이다. 사람이 보다 많은 것을 바라고 영원한 것을 원할 때 허덕이게 되고 추해진다.

'회자정리(會者定離) 생자필멸(生者必滅)'이라 했다. 만난 것은 헤어지게 마련이고, 살아있는 것은 죽기 마련인 것이 세상사이다.

그런데도 만났으니 헤어지지 말아야 하고 살아 있으니 죽지 않으려 하는 마음은 자연의 순리를 거역하는 것이다. 그러면 사람의 본 모습을 잃게 되고 그만 추해지고 만다.

李奎報 · 高麗 3

早占淸幽君自適　조점청유군자적

晚逢往勝我方慙　만봉왕승아방참

洗心投社如同隱　세심투사여동은

汲水煎茶尚可堪　급수전차상가감

이규보 · 고려 3

일찍 자연으로 든 그대 스스로 한가로우니

늦게 아름다움 만나는 나는 부끄럽기만 하네

마음 씻고 집에 앉아 같이 은거한다면

물 긷고 차 끓이는 일 내가 하려네

　사람이 평생을 산다 해도 서로 마음이 통하고 합해지는 사람은 세 사람도 못 만난다고 했다. 무슨 행운으로 세 사람이나 만나겠는가?

　한 사람을 만나기도 어렵다!

　말이 이렇게 되면 남의 탓이 되는데 그런데 아니다!

　우선 내 스스로가 남의 말 상대가 될 자질을 갖추지 못하고 있는데 괜히 밖을 보고 한탄한다.

　그런데 이 작가는 다행히도 마음이 통하는 사람 하나 만난 모양이다.

　그와 같이 있을 수 있다면 궂은 일도 기꺼이 스스로 하겠다고 나서는 것을 보면….

李奎報·高麗 4

浮名揔落心虛外　부명홀낙심허외

妙道猶存目擊中　묘도유존목격중

石鼎煎茶香乳白　석정전차향유백

塼爐撥火晚霞紅　전로발화만하홍

人間榮辱粗嘗了　인간영욕조상료

從此湖山作浪翁　종차호산작랑옹

부질없는 명예 빈 마음으로 털어내니

오묘한 도는 눈에 보이는 곳에 있네

돌 솥에 차 달이니 젖내음 향기 일고

벽돌 화로가 불에 타니 붉은 저녁 노을이구나

인간의 영욕 일찌기 알았으니

이제는 물과 산을 따르는 늙은이 되리

“부질없는 명예 빈 마음으로 털어내니
오묘한 도는 눈에 보이는 곳에 있네”

부질 없는 것, 부질 없다는 것을 알기까지의 삶이다. 아무 소용없는 것에 매달려 산 것이 깨달아지면 진정한 행복은 바로 눈 앞에 있음이 마침내 보인다.

“돌 솥에 차 달이니 젖내음 향기 일고
벽돌 화로가 불에 타니 붉은 저녁 노을이구나”

찻물을 눈으로 보고 그 향기가 옛 추억까지 불러오는 것도 축복인데 불에 달아오른 화로를 보니 저녁 노을이 따로 없다.
차는 벌써 마시기도 전에 사람을 시인이 되게 했다.

“인간의 영욕 일찌기 알았으니
이제는 물과 산을 따르는 늙은이 되리”

인간의 영화라는 것과 치욕이라는 것이 무엇인지 일찍이 알았다.

행복도 한 순간, 불행도 한 순간, 그런 것은 다 사람이 그렇게라도 살아가는 값으로 치루는 대가 같은 것이다.

이제는 물을 보내는 산과 같이, 산을 두고 떠나는 물 같이 그렇게 사는 늙은이 되리라고 다짐하고 있다.

眞靜國師·高麗

貴茗承夢嶺　귀명승몽령

名泉汲惠山　명천급혜산

掃魔能却睡　소마능각수

對客更圖閑　대객경도한

甘露津毛孔　감로진모공

清風鼓腋間　청풍고액간

何須飮靈藥　하수음영약

然後駐童顔　연후주동안

---

*진정국사 : (1206~1294) 고려 시대의 승려. 속성(俗姓)은 신(申). 자는 몽차(蒙且). 공민왕의 스승으로, 만덕산 백련사(白蓮寺)의 제 4대 조사(祖師)가 되었으며 시문(詩文)에도 뛰어났다.

진정국사 · 고려

귀중한 차는 몽정산에서 구하고

소문난 물은 혜산천에서 길었다

좋지 않은 기운 쓸어내고 오는 졸음 물리치고

손님을 맞아 다시 한가롭게 그림 그리네

감로는 털구멍이 나루터 되고

맑은 바람 겨드랑이에 일어나니

어찌 영약을 마시고 난 후에야

어린 아이의 얼굴이 된다 하리

 | 解說

"차는 몽정산에서 구하고
물은 혜산천에서 길었다"

몽정산은 사천성에 있고 혜산천은 무석시에 있다.

옛부터 몽정산에서는 약(藥) 같은 차(茶)가 나고 혜산천에서는 감로(甘露) 같은 물이 난다고 소문이 났다.

그 거리가 상당한 데도 좋은 차를 마시기 위해서는 거리가 문제될 것이 없고 시간도 아까울 게 없었는가.

몸과 마음에 있는 좋지 않은 기운 쓸어내고 자지 않아도 되는 잠 물리치려면 좋은 차를 마셔야만 하니 별 도리가 없었는가 보다.

"어찌 영약을 마시고 난 후에야
어린 아이의 얼굴이 된다 하리"

불로장생(不老長生)의 영약(靈藥)도 좋지만 좋은 차는 사람을 다시 어린 아이의 얼굴이 되게 한단다.

곱게 늙어 잘 죽는 복이 복 가운데 최고의 복이라 했다.

그런데 그러한 복은 그냥 이루어지는 것이 아니고 스스로 가꾸어 나가야 한다.

곱게 늙어가려면 바로 커야 하고 잘 죽으려면 못되고 덜된 짓은 하지 않아야 한다.

복(福)이라 하는 것에는 사람보다 밝은 눈이 있어 아무 데
나 가지 않는다. 보다 가치 있는 존재에게 가는 것이다.

圓鑑國師 · 高麗
- 山中樂 -

飯一盂蔬一盤　　반일우소일반

飢卽食兮困則眠　　기즉식혜곤즉면

水一缾茶一銚　　수일병다일조

渴則提來手自煎　　갈즉제래수자전

---

*원감국사 : (1226~1292) 고려 후기의 승려. 속명은 위원개(魏元凱). 자호는 복암(宓庵). 원나라 세조의 흠모를 받았으며, 원오(圓悟)의 법을 이어 수선사(修禪社) 제 6세 국사가 되었다.

원감국사 · 고려
- 산에 사는 즐거움 -

밥 한 그릇 나물 한 접시

주리면 먹고 피곤하면 자네

물 한 병 차 한 잔

목마르면 들고 와 손수 끓이네

“밥 한 그릇 나물 한 접시
주리면 먹고 피곤하면 자네”

〈논어〉에도 다음과 같은 문장이 있다.

飯疏食飮水 반소식음수
曲肱而枕之 곡굉이침지
樂亦在其中矣 낙역재기중의

“나물밥을 먹으며 물을 마시고
팔을 구부려 베개하며 살아도
즐거움은 그 가운데 있나니”

배 고프면 밥 먹고 잠이 오면 자는 그 자연스런 생활을 바
로 선(禪)이라 한다.

“물 한 병 차 한 잔
목마르면 들고 와 손수 끓이네”

행복이란 다른 것이 아니라 몸이 요구하는 바가 있으면

마음이 따르고 또 마음이 요구하는 바가 있어 몸이 거기에 따를 수 있으면 그 이상의 행복이 없다.

팔이 아파 무엇을 들 수가 없고 다리가 아파 어딜 갈 수가 없고 배가 아파 무엇을 먹을 수 없으면 그 자체가 벌써 불행이다.

고독이나 불안, 방황이나 고통, 그런 것은 다 생존적인 것에 별 문제가 없을 때 내놓는 많이 사치스런 소리에 지나지 않는 것이다.

다들 많이도 행복한 소리를 불행한 듯 해대고 있는 것은 뭘 몰라서 그런 게 아닐까.

柳淑·高麗

人生聚散何足道　　인생취산하족도

世事過眼隨飛埃　　세사과안수비애

徘徊弔古空歎息　　배회조고공탄식

千年斷碣埋山菜　　천년단갈매산래

要將詩酒酬春色　　요장시주수춘색

莫待無花空寂寞　　막대무화공적막

誰家泉甘有竹林　　수가천감유죽림

招此無家遠遊客　　초차무가원유객

---

*류숙 : (1324~1368) 고려 말기 문신. 본관은 서산이며, 자는 순부(純夫), 호는 사암
(思庵), 시호는 문희(文僖)이다. 1365년 신돈(辛旽)의 모함으로 영광에 유배되
어 있다가 영광에서 신돈이 보낸 자객에게 암살 당하였다.

류숙 · 고려

인생이 모이고 흩어짐을 알아 무엇하리

세상 일 티끌처럼 날아가 버리는 것을

옛 것을 찾아 배회하고 탄식하니

천 년 전에 깨어진 비석 산에 묻혀있네

시와 술로 봄날을 맞이하면 될 것을

꽃도 없는 적막한 날을 기다리지 마라

뉘 집에 단샘과 대숲이 있어

집 없는 나그네 멀리서 불러줄꼬

"인생이 모이고 흩어짐을 알아 무엇하리
세상 일 티끌처럼 날아가 버리는 것을"

이 세상에 어떤 현상이 나타남은 저 우주의 어느 별에서
무슨 조화가 일어나 생기는 일인지 사람으로서는 알 수가
없다. 숨은 조화도 모르면서 왈가왈부 할 일이 아닌 데도
사람은 아는 척하며 살아가는 얄궂은 존재이다.

"옛 것을 찾아 배회하고 탄식 하니
천 년 전에 깨어진 비석 산에 묻혀있네"

마음에 갇혀 있는 것 찾아 방황하고 탄식하는 데도 오래
전에 깨어진 비석 산에 묻혀 말이 없다. 그 사연 누가 알겠
는가. 그저 그렇거니 하고 덮어두는 마음이 없으니 사람은
공연히 혼자 바쁘다.

"시와 술로 봄날을 맞이하면 될 것을
꽃도 없는 적막한 날을 기다리지 마라"

마음이 편하려면 이것 말고 저것을 택할 수 있는 여유가
있어야 한다.
마땅한 것이 없을 때는 적당한 것을 찾을 줄 알면 가는 것

은 가서 좋고 오는 것은 와서 좋다.

> "뉘 집에 단샘과 대숲이 있어
> 집 없는 나그네 멀리서 불러줄꼬"

기다리지 않으려 해도 그저 기다리는 게 사람이다. 사람을 기다리고, 재물을 기다리고, 명예를 기다린다.

무슨 약속이나 맹세가 있었던 것도 아닌데 막연히 기다린다. 가까이서나 멀리서 불러 줄 사람 없다는 것을 빨리 깨닫고 기다림에서 벗어나야 스스로 한가로워진다.

李穡 · 高麗

鶴喙淸泉出　　학훼청천출

冷然照肺腑　　냉연조폐부

飮之骨欲仙　　음지골욕선

今人想玄圃　　금인상현포

豈惟洗詩脾　　기유세시비

可以脚二竪　　하이각이수

平生愛淸事　　평생애청사

有意續茶譜　　유의속다보

當虧石鼎去　　당휴석정거

松梢看飛雨　　송소간비우

*이색 : (1328~1396) 고려 후기의 문신 · 학자 · 문인. 본관은 한산(韓山). 자는 영숙(穎叔), 호는 목은(牧隱). 포은(圃隱) 정몽주(鄭夢周), 야은(冶隱) 길재(吉再)와 함께 삼은(三隱)의 한 사람이다.

이색 · 고려1

새가 찾는 맑은 곳에서 솟는 물은

차가워서 마음 깊은 곳까지 비춰주네

마시면 뼈는 신선이 되려 하고

오늘의 사람을 옛사람이 되게도 하네

어찌 오직 시를 짓는 자의 속만 씻을까

모든 사람들의 두 다리도 세우겠구나

평생토록 맑은 일 좋아했으니

차의 얘기로 계속 뜻을 새기고

이지러진 돌솥 들고 나가

소나무 끝에서 휘날리는 비나 바라보리

　　"새가 찾는 맑은 곳에서 솟는 물은
　　차가워서 마음 깊은 곳까지 비춰주네
　　마시면 뼈는 신선이 되려하고
　　오늘의 사람을 옛사람이 되게도 하네"

　불사조(不死鳥)라는 새가 불사조가 될 수 있는 것은 벽오동이 아니면 앉지를 않고, 감로수가 아니면 마시지를 않고, 대나무 열매가 아니면 먹지를 않기 때문이다.

　그런데 사람은 불사(不死)를 생각하면서도 아무 데나 앉고 아무 거나 마시고 무엇이나 먹는다.

　철저한 자기 관리만이 자신을 우아하게 지켜갈 것인데 자신을 함부로 내돌리면서 불사(不死)를 꿈꾸는 어리석은 존재가 인간이다.

　　"어찌 오직 시를 짓는 자의 속만 씻을까
　　모든 사람들의 두 다리도 세우겠구나"

　좋은 물은 능히 오염된 사람의 속을 씻어내고 늙어가는 몸을 다시 젊어지게도 한다.

　사람의 몸에 어떤 병이 있다는 것은 한 마디로 자기 중독 현상이다. 어디선가 무엇을 잘못 먹은 것이 병을 만든 것이다.

그 중독 현상을 해독할 수 있는 약재가 바로 차(茶)라는 것을 옛 사람들은 이미 알고 있었다.

그래서 좋은 차를 구하기 위해 먼 길 마다하지 않았고 좋은 물을 만나기 위해 가지 않은 곳이 없었다.

李穡·高麗

冷井才垂綆　　냉정재수경

晴窓便點茶　　청창편점차

觸喉攻惡熱　　촉후공오열

徹骨掃群邪　　철골소군사

寒磵月中落　　한간월중낙

碧雲風外斜　　벽운풍외사

已知眞味永　　이지진미영

更洗眼昏花　　갱세안혼화

이색 · 고려 2

찬 우물 두레박으로 길어와

맑은 창 옆에 앉아 차를 달이네

목으로 넘어갈 때 나쁜 열 다스리고

뼈 속에 스며있는 사악도 쓸어내네

찬 냇물 가운데 달이 떨어지고

푸른 구름 바람에 밀려가네

그 참 뜻 영원함을 알고 있기에

다시 마음을 씻고 꽃을 본다네

　　“찬 우물 두레박으로 길어와
　　맑은 창 옆에 앉아 차를 달이네
　　목으로 넘어갈 때 나쁜 열 다스리고
　　뼈 속에 스며있는 사악도 쓸어내네”

　이 작가는 좋은 물이 바로 약이고 그 약은 능히 사람 몸의
병도 다스리고 또 능히 뼈 속에 스며있는 마음의 독소까지
쓸어낸다는 것을 알고 있었다.
　거기다 좋은 물로 차를 만들어 마음의 악과 몸의 독을 다
스리니 이 작가는 양생의 요결을 깨닫고 있던 사람 같다.

　　“찬 냇물 가운데 달이 떨어지고
　　푸른 구름 바람에 밀려가네
　　그 참 뜻 영원함을 알고 있기에
　　다시 마음을 씻고 꽃을 본다네”

　냇물이나 우물 가운데 하늘의 달이 떨어져 있다.
　옛 사람들은 그 달을 용의 알이라 하여 용란(龍卵)이라 칭
하며 완상하기도 하였다. 또 달이 물에 잠기어도 물은 일렁
이지 않으니 그것을 보고 사람도 괜히 흔들리지 말라고 충
고하기도 했다.
　자연의 이치에는 그러한 심오함이 스며 있으니 마음을

가다듬고 다시 자연을 보는 사람은 이미 깨달은 사람이다.

鄭夢周 · 高麗 1

石鼎湯初沸　석정탕초비

風爐火發紅　풍로화발홍

坎離用天地　감리용천지

卽此意無窮　즉차의무궁

정몽주 · 고려 1

돌솥에 차 끓기 시작하니

풍로의 불빛도 붉게 일어난다

물과 불이 천지를 움직이니

바로 이 뜻이 무궁하도다

주역(周易)에서 감괘(坎卦)는 물이며 외괘(外卦)이고, 리괘(離卦)는 불이며 내괘(內卦)라 한다.

이 시에서 물과 불이 천지를 움직인다 함은 주역에서 말하는 자연의 섭리이다.

차나무 역시 뿌리는 땅 밑에서 물을 빨아들이고 잎은 공간에서 하늘의 불, 즉 태양(太陽)을 받아들여 생명 안에서 물과 불이 조화를 이루어야 성장한다.

그렇게 자란 차 잎은 다시 물과 불의 조화에 의해 맛을 내고 멋을 만든다.

이 시를 쓴 포은 정몽주는 풍로에서 피어오는 불과 끓어오르는 물을 보면서 주역을 생각하고 자연의 섭리까지 보게 된 것이다. 그의 학문의 세계가 어느 경지를 넘어서 있었음이 짐작되고도 남는다.

---

*정몽주 : (1337~1392) 고려 말기 문신 겸 학자. 의창을 세워 빈민을 구제하고 유학을 보급하였으며, 성리학에 밝았다. 시문에도 뛰어나 시조 〈단심가〉 외에 많은 한시가 전해지며 서화에도 뛰어났다.

鄭夢周 · 高麗 2

報國無效老書生　보국무효노서생

喫茶成僻無世情　끽타성벽무세정

幽齊獨臥風雪夜　유제독와풍설야

愛聽石鼎松風聲　애청석정송풍성

정몽주 · 고려 2

나라 위한 공도 없는 늙은 서생이

차 마시기 버릇되어 세상 물정 잊었네

그윽한 서재에 홀로 누우니 밤 눈이 바람과 함께 오고

돌솥에서도 솔바람 소리 사랑스럽게 들린다

'다로경권(茶爐經卷)' 라는 말이 있다.

차 물이 끓는 화로에서 경전 소리가 나온다는 말이다.

경전이란 다른 게 아니고 사람 사는 이야기다.

그 사람 사는 이야기가 차 물이 끓는 소리에서 나오고 있단다.

처음에는 가을비가 처마 끝에서 떨어지는 것처럼 들리다가, 나중에는 심한 파도가 바위에 부딪치는 것 같다가, 이윽고 밤 눈이 오는 듯이 소리 없이 가라 앉는다.

어찌 이 뿐일까.

듣는 사람에 따라 교향악 소리가 들리기도 할 것이고 저 깊은 심연에서 나오는 침묵의 소리도 들릴 것이다.

그 교향악과 침묵의 소리가 속에서 조화를 찾게 되면 마침내 시인도 되고 현자도 되리라.

李崇仁 · 高麗

先生分我火前春　　선생분아화전춘

色味和香一一新　　색미화향일일신

篠盡千涯流落恨　　소진천애유락한

須知佳茗似佳人　　수지가명사가인

活火淸泉手自煎　　활화청천수자전

香浮碧椀洗葷羶　　향부벽완세훈전

嶺崖百萬蒼生命　　영애백만창생명

疑問蓬山刻位仙　　의문봉산각위선

---

*이숭인 : (1347~1392) 고려 말기의 학자. 자 자안(子安). 호 도은(陶隱). 삼은(三隱)의 한 사람이다. 밀직제학으로 정몽주와 함께 실록을 편수했다. 조선 개국 때 정도전의 원한을 사 살해되었다.

이숭인 · 고려

선생이 나누어 준 한식 전의 봄 차는

색과 맛이 조화된 향이라 하나 하나 새롭네

하늘 끝 떠도는 한도 다 없애주는

좋은 차는 아름다운 사람도 모름지기 알게 하네

타는 불꽃으로 맑은 물을 손수 끓이니

푸른 다완에 향기 떠서 몸 속까지 씻어주네

넘지 못할 산을 넘는 수많은 생명들은

왠지 물어나 보는가? 봉래산 신선들에게

"하늘 끝 떠도는 한도 다 없애주는
좋은 차는 아름다운 사람도 알게 하네"

사람이 땅에서 풀지 못한 한(恨)은 하늘로 가 맴돈다.
그 한도 없애주는 것이 차란다.
그런가 하면 좋은 차는 사람의 눈도 밝게 하며 아름다운
것을 아름답게 보게 한다. 이만하면 차를 극찬하는 말치고
최상급이다.

"넘지 못할 산을 넘는 수많은 생명들은
왠지나 물어 보는가?
봉래산의 여러 신선들에게"

물어본들 답이 있을까?
삶은 신비다. 무슨 수수께끼처럼 질문이 있고 답이 있는
게 아니다. 삶은 그렇게 알 수 없는 것이기에 그 신비가 인
간을 끌고 가는 것이다.
그러니 누가 산을 넘어가든, 강을 건너가든 구경하기만
하면 된다.
거기에 참여하거나 이유를 따지는 것은 어리석은 짓이다.
그저 있는 그대로 받아들이고 흘러가는 대로 놓아두는 마
음을 기르는 것이 도(道)이고 선(禪)이다.

李原·高麗

寂歷春山裏	적역춘산리
逍遙意味多	소요의미다
穿林晨採藥	천림신채약
燒竹夜煎茶	소죽야전차
幽鳥弄遲日	유조농지일
輕風吹落花	경풍취낙화
從今數來往	종금수래왕
促席共吟哦	촉석공음아

*이원 : (1368~1429) 고려 말 조선 초의 문신이며 자는 차산(次山), 호는 용헌(容軒)이다. 조선이 개국하자 지평(持平)이 되고 제 2차 왕자의 난 때에 방원(芳遠)을 도와 좌명공신이 되고 철성군(鐵城君)에 봉해졌다. 세종 때 좌의정에 이르렀다.

이 원 · 고 려

봄날 산 속에서 고요하게 지내니

자유로운 의미 깊기도 해라

새벽엔 숲 속에서 약이나 캐고

저녁에는 대나무 태워 차를 끓이네

그윽한 새소리에 지루함을 즐기는데

가벼운 바람에도 꽃잎은 떨어지네

이제부터는 그대 자주 오가며

함께 앉아 시나 읊어보세

"봄날 산 속에서 고요하게 지내니
자유로운 의미 깊기도 해라
새벽엔 숲 속에서 약이나 캐고
저녁에는 대나무 태워 차를 끓이네"

누구는 삶의 의미가 자유에 있다고 했다. 가고 싶은 데 갈
수 있고, 보고 싶은 사람 볼 수 있으면 더 이상 무엇을 바라
겠는가.

고독이니, 불안이니, 허무니 하는 소리는 많이도 행복하
다는 소리이다.

날이 밝으면 숲 속에 가보고 날 저물면 차를 끓일 수 있는
여유만 있다면 참 많이도 행복한 삶이리라.

"그윽한 새소리에 지루함을 즐기는데
가벼운 바람에도 꽃잎은 떨어지네
이제부터는 그대 자주 오가며
함께 앉아 시나 읊어보세"

자연의 소리 들을 줄 알고, 자연의 모습 볼 줄 알면 고독
도 허무도 다 즐길 줄 아는 사람이 될 것이다.

그렇다. 어리석음을 돌이켜 지혜로 삼고 권태로움도 즐길
줄 아는 사람이 되면 지루한 삶 자체가 즐거움으로 바뀌게

될 것이다.

　거기에다 시나 읊을 줄 알면 오가는 사람이 없어도 괜찮
고 함께 있을 사람 없어도 괜찮다.

權定 · 高麗
- 謝友人惠茶 -

南國故人新寄茶　남국고인신기차

牛窓睡起味偏多　우창수기미편다

今人少睡還堪厭　금인소수환감염

睡可忘憂少睡何　수가망우소수하

권 정 · 고려
- 차를 받고 감사하는 마음을 전하다 -

남쪽에 사는 옛 친구 새 차를 보냈구나

낮에 졸다가 일어나 마시는 차 더 좋다지만

사람의 잠을 적게 한다니 도리어 싫어라

잠으로 우수를 잊는데 잠 적으면 어찌하나

 | 解說

"차라는 것이 좋다지만
사람의 잠을 적게 한다니 도리어 싫어라
잠으로 우수를 잊는데 잠이 안 오면 어쩌나?"

참으로 별 걱정 다 한다 싶다. 하지만 이 시인은 누구보다
도 삶의 환희와 우수를 눈물처럼 뿌리며 살았던 것 같다.

그는 자는 시간만큼은 존재의 무상이나 회의를 잊는데 차
를 마시고 잠이 오지 않으면 바람처럼 불어 닥치는 그 고통
을 어쩌나 하고 걱정하고 있는 것이다.

그래서 그 옛날에도 다음과 같은 말이 있었나 보다.

"눈 뜨면 이승이요 눈 감으면 저승이라"

---

* 權定 : (생물연대 미상) 본관 안동, 자 안지, 호 사복재. 고려 말에서 조선 초까지 문
신. 조선 태조에 의해 승지에 임명되었으나 응하지 않았으며 그 후 태종이 대사간,
대사헌 등에 임명했으나 거절하였다. 안동의 옥산동에 그의 유지와 비가 남아있다.

3

조선시대 다시(茶詩)

朴彭年 · 朝鮮

吟風喫茶之餘 음풍끽차지여

박팽년 · 조선

차 마시고 난 후에 시를 읊는다네

---

*박팽년 : (1417~1456) 조선 전기의 문신. 사육신의 한 사람이다. 집현전 학사로 여러 가지 편찬사업에 종사했고 단종복위를 도모하다 김질의 밀고로 체포되어 옥 중에서 죽었다.

　박팽년은 무엇보다 시를 아는 사람이다.

　대개의 사람들은 시라는 것이 내용을 짜맞추고 앞 뒤 중간이 있어야 시가 되는 줄 알고 있다.

　시는 함축된 언어 속에 포괄적인 의미를 지니고 있어야 한다. 언뜻 날아든 시상을 짜놓은 틀에다 맞추다보면 진실은 놓쳐지고 허구만 남게 된다.

"차 마시고 난 후 시를 읊는다"

　시인의 할 일은 어느 한 순간을 콕 찍어내면 된다. 그러면 읽는 사람이 앞뒤를 짜맞춘다. 읽는 사람은 그냥 읽는 것이 아니라 그 자신도 시에 참여하여 작가와 독자가 같이 시를 완성하는 것이다.

　그렇게 되면 읽는 사람의 수준에 따라 달라지는 작품이 마침내 탄생된다.

"차 마시고 난 후 시를 읊는다"

여기 시간이 나왔고 사람이 하는 짓이 나왔다. 사람의 일상이 다른 게 아니다. 차로 몸의 갈증을 풀고 나면 책으로 마음의 허기를 풀어준다. 그러면 그는 자기 자신의 몸과 마음을 위해 할 일을 다 했다.

"차 마시고 난 후 시를 읊는다"

그는 거기에 늘 있다.
차와 더불어 책과 더불어 살아있는 것이다.
여기서 허황된 꿈을 꾸면 차도 사라지고 책도 사라질 것이다.

"차 마시고 난 후 시를 읊는다"

참 삶은 나를 잃지 않고 있는 내 속에 있다.
사람들은 신세 타령을 하며 마치 자신의 삶이 따로 있는 듯 말한다.
나를 떠나 나의 삶은 존재하지 않는다.
나는 나이기만 하면 되는 것이다. 그러면 모든 것이 다 자연히 내가 된다.

"차 마시고 난 후 시를 읊는다"

사람은 누구나 자신의 내면에 자기만의 언어가 있다.

그 언어를 잘 읽어낼 줄 아는 사람은 그대로 시인이 된다. 그 가능성을 계발하라.

그러면 작은 내가 어느 새 큰 내가 된다.

보잘 것 없던 내가 어느 새 아름다운 꽃이 되고 그윽한 향기가 된다.

金宗直 · 朝鮮

石銚澆腸茗　　석조요장명

蘭燈滿架書　　난등만가서

徂年不繫日　　조년불계일

明日意何如　　명일의하여

---

*김종직 : (1431~1492) 조선 전기의 성리학자(性理學者). 영남학파의 종조이며, 생전에 지은 조의제문이 1498년(연산군4) 무오사화가 일어나는 원인이 되었다. 그는 부관참시를 당하였으며, 많은 제자가 죽음을 당하였다.

김종직 · 조선

돌 솥에는 창자 돑게 하는 차가 있고

불 켜진 방에는 책이 가득하네

가는 해는 붙들 수가 없으니

내일은 생각이 어떻게 변할지

옛날 깨친 사람들이나 신선들은 무자서(無字書)의 책을 보고 무현금(無弦琴)의 음악을 듣는다고 했다. 글자 없는 책을 보고 현이 없는 거문고를 들고 다녔다는 이야기는 옛 이야기에 가끔씩 나온다.

그러나 그런 소리는 하나의 이야기이고 실제로는 글자가 아닌 자연이 없고, 소리 없는 자연이 없으니 자연의 모습에서 책도 보고 자연의 소리에서 음악도 들었으리라.

지금 이 작가도 차 한 잔으로 몸을 씻어내고 나니 집 안과 밖에 책이 보였으리라.

그러고 보니 가는 세월이 안타깝고 늙어가는 게 어찌 한스럽지 않겠는가. 하지만 오늘은 그렇다 해도 내일은 또 내 생각이 어떻게 변할지 모른다고 스스로를 달래보는 작가의 마음을 우리도 같이 읽어보자.

조선의 다인들 중에는 사형을 당한 사람도 있고 김종직처럼 부관참시(剖棺斬屍) 당한 사람이 있다.

김종직이 부관참시를 당하고 나자 어디선가 큰 호랑이가 나타나 참시당한 김종직의 시신을 지켰다. 한동안 시신을 지키고 있던 호랑이는 그 시신 옆에서 그만 굶어죽고 말았다.

이 광경을 지켜 본 동네 사람들은 김종직의 묘 옆에 호랑이의 무덤을 만들고 의호비(義虎碑)를 세웠다.

지금도 밀양시 부북면에 있는 김종직의 묘 옆에는 호랑이의 묘가 묘비명과 함께 그대로 있다.

金時習 · 朝鮮 1
- 煮茶 -

松風輕拂煮茶烟　송풍경불자차연

裊裊斜橫落澗邊　뇨뇨사횡낙간변

月上東窓猶未睡　월상동창유미수

挈瓶歸去汲寒泉　설병귀거급한천

自怪生來厭俗塵　자괴생래염속진

入門題鳳已経春　입문제봉이경춘

煮茶黃葉君知否　자차황엽군지부

却恐題詩洩隱淪　각공제시설은륜

---

*김시습 : (1435~1493) 조선 초기의 문인. 생육신의 한 사람이다. 본관은 강릉 자는
열경(悅卿) 호는 매월당(梅月堂), 법호는 설잠(雪岑)이다. 세조의 왕위 찬탈
에 불만을 품고 승려로 생활하며 벼슬길에 오르지 않았다.

김시습 · 조선 1
- 차를 끓이다 -

솔바람 가볍게 일어 차 끓이는 연기

간들거리며 물가에 나부낀다

동창에 달이 떠도 잠 못 이루니

물병 들고 가 찬물을 깃네

속된 세상 싫어하는 마음 스스로 이상하지만

문에 들어가 봉을 묻다가 젊음을 다 보냈네

누른 잎으로 차 끓이는 마음 그대는 아는가

시 쓰며 숨어 사는 것 누가 알까 두렵다네

"솔바람 가볍게 일어 차 끓이는 연기
간들거리며 물가에 나부낀다"

이 글을 대하니 눈 앞에 그대로 그림이 그려지지 않는가?
푸른 소나무 가지 사이에서 바람이 나와 잿빛 연기를 끌
고 냇가로 간다. 그 나무와 물 사이에 흐르고 있는 차 끓이
는 연기의 흐름이 그대로 눈에 보이는 듯하다.

"동창에 달이 떠도 잠 못 이루니
물병 들고 가 찬물을 깃네"

인생무상, 삶의 회의가 찾아드는가?
깊은 밤에도 잠 못 들어 창밖의 달을 바라보는 마음에는
눈물과 한숨이 가득 고여 있으리라. 차라리 오지 않는 잠을
청하고 뒹구는 것보다 일어나 물이나 길러 가는 모습도 그
려진다.

"속된 세상 싫어하는 마음 스스로 이상하지만
문에 들어가 봉을 묻다가 젊음을 다 보냈네"

스스로 그러한 것을, 스스로 이해 못하는 마음이 어찌 이
시인 뿐이겠는가? 또 속세에 뛰어들어 진리를 묻다가 젊음

을 다 보낸 게 어찌 이 시인만의 회한이겠는가?

"누른 잎으로 차 끓이는 마음 그대는 아는가
시 쓰며 숨어 사는 것 누가 알까 두렵다네"

늙는다고 욕심이 사라질까? 어느 순간 소유물은 버릴 수 있어도 소유욕까지 버릴 수 없는 게 사람 아닌가.
푸른 새싹으로 만든 차가 아니고 누른 낙엽 같은 잎으로 차를 끓이는 마음 속을 세상의 누가 알겠는가?
그런데도 내 여기 숨어사는 것 남이 알까 두려워하는 김시습의 삶이 남의 일만 같지 않다.

金時習 · 朝鮮 2

此峰五欲隱 차봉오욕은

重與話平生 중여화평생

김시습 · 조선 2

이 산 속에 내가 숨어 산다면

이 산과 더불어 평생 얘기가 될까

사람과의 대화는 언제나 서글픈 독백으로 끝난다.

그럴 수밖에 없는 것이 사람은 누구나 자기 말을 하기 위해 남을 만난다. 남의 말을 듣기 위해 타인을 만나지 않는다.

그러니 만나고 나면 후회하고 스스로 자책한다.

이 작가는 수없이 남이라는 존재를 만나본 결과 그것이 다 부질없는 짓이라는 것을 알았다.

그렇기때문에 드디어 자연과 대화가 된다면 어떻게 얘기가 이어질까 궁금해 하고 있다.

金時習 · 朝鮮 3

堂北種茶消白日　당북종차소백일

山南採藥過靑春　산남채약과청춘

김시습 · 조선 3

집 북쪽 산에 차나무 심으며 세월을 불사르고

산 남쪽에서 약을 캐며 젊음을 보내네

　김시습은 한 많은 삶을 산 사람이다.

　자신의 생각에 정의가 아니면 목숨까지도 기꺼이 던졌던 의혈의 대장부였다.

　그런데도 한 곳에 안착하지 못하고 언제나 방랑하며 북쪽에 산이 있으면 차나무를 심고 남쪽에서는 약을 캐며 살았다. 그러한 그의 내면에는 아무리 차를 마셔도 풀 수 없는 갈증이 있었다.

　그 갈증은 마침내 그를 사육신(死六臣) 중 한 사람이게 했다.

金時習 · 朝鮮 4

生涯點檢無拘束　생애점검무구속

一鼎新茶一炷香　일정신차일주향

김시습 · 조선 4

생애를 되돌아보아도 걸리는 것 없으니

한 솥의 햇차도 한 마음의 향기다

　문득 자신의 삶을 돌아다 보았을 때 쫓기는 듯한 불안이나 아무도 없는 것 같은 고독이나 갈 곳이 없는 방황이 없으면 그는 잘 산 삶이다.

　햇차 한 잔이라도 마시며 그것에서 마음의 향기라도 맡을 수 있으면 그는 이미 행복한 사람이다.

申從護 · 朝鮮

茶甌飮罷睡初醒　　다구음파수초성

隔屋聞吹紫玉笙　　격옥문취자옥생

燕子不來鶯又去　　연자불래앵우거

滿庭紅雨落無聲　　만정홍우낙무성

---

*신종호 : (1456~1497) 조선 전기의 문신. 1487년 〈동국여지승람〉을 찬하였고, 왕명
으로 랴오둥에서 한어를 배웠다. 1489년 부제학이 되었으며, 1496년 정조
사로 명나라에 다녀오다가 개성에서 죽었다. 문장과 시, 글씨에 뛰어났다.

차를 사발로 마시니 잠이 비로소 깨이고

집들 사이로 옥피리 부는 소리 들려오네

제비는 오지 않고 꾀꼬리마저 가니

뜰 가득 붉은 비가 소리없이 내린다

　　　"차를 사발로 마시니 잠이 비로소 깨이고
　　　집들 사이로 옥피리 부는 소리 들려오네"

　사람의 일생은 기다림의 연속이다.
　혼자서 온갖 것을 다 기다리다 혼자 죽어가는 게 사람이다.
　그렇게 지치도록 무엇을 기다리다가 차를 마시니 정신은
맑아지지만 집들 사이로, 나무들 사이로 지나가는 바람이
내는 소리는 또 기다리는 가슴을 다 찢어 놓는다.
　이런 글귀는 기다림이 어떤 것인지를 스스로 겪어본 사람
이 내놓는 한(恨)이다.

　　　"제비는 오지 않고 꾀꼬리마저 가니
　　　뜰 가득 붉은 비가 소리없이 내린다"

　기다리는 것도 오지 않고 옆에 있는 것마저 가고 없어도
뜰 가득 피어있는 꽃잎은 마치 비처럼 떨어져 내린다.
　나의 아프고 시린 사연과는 아무 상관없이 필 것은 피고
또 질 것은 진다. 사람의 고통은 대개 이것과 저것을 연관
지우고 원인과 결과를 하나로 묶을 때 발생한다.

徐敬德·朝鮮

雲巖我下居　운암아하거

端爲性傭疎　단위성용소

林坐門幽鳥　임좌문유조

溪行伴戲魚　계행반희어

閒揮花塢箒　한휘화오추

時荷藥畦鋤　시하약휴서

自外渾無事　자외혼무사

茶餘閱古書　다여열고서

---

*서경덕 : (1489~1546) 조선 중기의 유학자로 격물(格物)을 통해 스스로 터득하는 것을 중시했으며, 독창적인 기일원론(氣一元論)을 제창. 화담(花潭) 부근에 서재를 짓고 학문에 전념하여 화담이라는 별호로 더 알려져 있다.

구름 바위 아래 내 살고 있음은

내 성품이 게으른 품팔이꾼이기 때문이지만

숲 속에 앉아 그윽한 새와 벗하고

냇가를 거닐매 노는 물고기 벗하기 좋아서라

마음에 기다림이 있으면 꽃잎 지는 길이나 쓸고

때로는 호미 들고 약초 캐러 나서다가

스스로 쓸데없는 짓밖에 할 게 없으면

차나 마시는 여유 속에 옛글이나 뒤적이리

　　　“구름 바위 아래 내 살고 있음은
　　내 성품이 게으른 품팔이꾼이기 때문이지만”

불가에서 나온 글 중에 다음과 같은 것도 있다.

　　“사람의 몸은 마치 셋방살이 하는 것과 같고
　　사람의 마음은 마치 품팔이 하는 것과 같다.”

어찌하여 셋방인가?
셋방은 아무리 좋아도 때가 되면 떠나야 하는 것이다.
어찌하여 품팔이라 하는가?
품팔이는 이 일을 다하면 또 저 일을 해야하니 그렇다.

　　“숲 속에 앉아 그윽한 새와 벗하고
　　냇가를 거닐매 노는 물고기 벗하기 좋아서라”

어차피 산다는 것이 셋방살이 같고 품팔이꾼 같다면 숲 속에 앉아 다른 생물과 벗하고, 냇가를 거닐며 노니는 물고기와 벗하며 지낼 수 있는 여유가 있다면 얼마나 좋겠는가.

"마음에 기다림이 있으면 꽃잎 지는 길이나 쓸고
때로는 호미 들고 약초 캐러 나서다가"

기약한 바 없으니 아무도 아니 올 것이다.
　그래도 혹시나 하는 기다림에 고운 임 밟고 올 길이나 쓸어 놓고, 귀한 것 대접하고픈 마음에 약초도 캐러 나서 보는 마음을 표현하고 있다.

"스스로 쓸데없는 짓밖에 할 게 없으면
차나 마시는 여유 속에 옛글이나 뒤적이리"

　기다리는 마음도 약초 캐는 마음도 다 부질없는 마음의 희롱이었다. 그렇게 쓸데 없는 짓 하다보면 어쩌다 가끔은 쓸데 있는 짓도 하게 되리라.

西山大師 · 朝鮮 1

汲澗燃秋葉　　급간연추엽

烹茶一納飮　　팽차일납음

夜來巖下睡　　야래암하수

魂也御飛龍　　혼야어비용

明朝俯天下　　명조부천하

萬國列如蜂　　만국열여봉

---

*휴정(休靜) : (1520~1604) 서산대사라는 호로 잘 알려져 있다. 임진왜란 때 승병을 이끌고 한양 수복에 공을 세웠다. 유(儒), 불(佛), 도(道)는 궁극적으로 일치한다고 주장, 삼교통합론(三敎統合論)의 기원을 이루어 놓았다.

서산대사 · 조선 1

산골 물 길어다 가을 낙엽 태워

차 끓여 한 잔 마신다

밤이 오면 바위 아래에서 잠자도

혼이야 용이 되어 하늘을 난다

밝은 아침 천하를 굽어보면

세상은 일꾼들로 분주하리

> "산골 물 길어다 가을 낙엽 태워
> 차 끓여 한 잔 마신다"

뚜렷하게 할 일이 있어 바쁜 게 아니라 날마다 할 일이 없어 바쁜 게 사람이다. 또 아무리 바쁘다 해도 자신만의 시간을 챙길 줄 알면 스스로 한가로워지는 게 사람이다.

시간이 없다는 소리는 핑계에 지나지 않는다. 또 그 소리는 육신을 혹사시키고 있다는 소리이기도 하다.

마음에 여유가 없으면 몸에 병이 들기 마련이다. 병을 만들지 말고 병을 물리치는 것이 사람의 일 중에 제일 큰 것이다.

이제부터라도 좋은 물 구해다가 차 한 잔 끓여 마시는 여유를 가지자.

> "밤이 오면 바위 아래에서 잠자도
> 혼이야 용이 되어 하늘을 난다"

사람은 아무 것도 먹지 않아도 열흘을 살지만 꿈을 꾸지 않고는 사흘을 살지 못한다는 말이 있다. 몸이야 차갑고 바람 부는 곳에 있어도 혼은 꿈을 꾸며 언제나 하늘 나라로 가는 것이 사람이다.

그 꿈이 다시 절망을 몰고 오고 천 길 벼랑을 뛰게 할지라

도 다시 또 다른 꿈을 꾸기 위해 모진 목숨 이어가는 게 지
금 너라는 존재이고 나라는 존재이다.

"다시 밝은 아침이 와 세상을 바라보면
세상은 일꾼들로 분주하기만 하네"

꿈에 용이 되어 하늘 나라로 갔건, 꿈에 호랑이가 되어 산
속으로 들어 갔건, 날이 새면 다시 일상으로 돌아오는 게
사람이다. 의미없는 반복 속에 세월이 가고 한 번 뿐인 인
생도 사라져 간다.

西山大師 · 朝鮮 2

畫來一椀茶　주래일완차

夜來一場睡　야래일장수

青山餘白雲　청산여백운

空設無生事　공설무생사

서산대사 · 조선 2

낮이 오면 차 한 잔 하고

밤이 오면 잠 한 숨 자세

푸른 산 흰구름과 더불어

사람 사는 일 말해 볼세

　　　　"낮이 오면 차 한 잔 하고
　　　　밤이 오면 잠 한 숨 자세"

　사람 사는 게 별 것 아니라는 사실을 깨닫는 그것이 진정한 깨달음이라는 말이 있다. 그렇다면 마치 별 것이나 한 것처럼 북 치고 장구 치는 사람들은 아직도 뭘 모른다는 말이 된다.

　　　　"푸른 산 흰구름과 더불어
　　　　사람 사는 일 말해 보세"

　어딜 봐도 사람이다. 피할래도 원수처럼 부딪힌다. 그러나 내 속을 털어놓을 사람은 아무도 없다. 어차피 말을 주고 받을 사람은 없으니 차라리 자연과 더불어 사람 사는 일 말해 본다. 만물(萬物)은 일물(一物)이라 모든 게 다 한 근원에서 나온 것이니 너와 내가 다를 게 없고 하나이다. 아름답고 향기로운 꽃도 모습을 달리한 나이고 무성하게 치솟는 나무도 모습을 달리한 나인 줄 알면 자연과 대화가 되리라. 꽃 한 송이 피고 지는 데서 가고 오는 내 모습이 보인다면 외롭지 않으리라. 괴롭지도 않으리라.

靜觀 一禪 · 朝鮮

松韻清人耳　송운청인이

溪聲之夢魂　계성지몽혼

齊餘茶一椀　제여차일완

風月共朝昏　풍월공조혼

솔나무 운치는 사람의 귀를 맑게 하고

계곡의 물소리는 사람의 꿈과 혼을 이끌어간다

일 끝난 뒤에 마시는 차 한 잔 속에는

아침 저녁 바람과 달이 함께 있네

"솔나무 운치는 사람의 귀를 맑게 하고
계곡의 물소리는 사람의 꿈과 혼을 이끌어간다"

나무 중에 가장 아름답고 멋진 것이 솔나무이다. 이 솔나무도 낙락장송(落落長松)이 되어 보는 사람에게 멋을 풍기려면 백 년 이상은 자라야 한다. 하물며 사람이 덕이 있고 멋을 풍기려면 한 해 두 해로는 어림없는 일이다.

그러니 날마다 실수하고 밤마다 후회하는 짓은 어쩌면 당연한 일인지도 모르니 너무 자학하지 말자.

솔나무의 운치가 사람의 마음을 맑게 하는데 계곡의 물소리는 사람의 꿈과 혼을 이끌어간다.

사람이 밤에 꾸는 꿈은 몽(夢)이고, 낮에 꾸는 꿈은 환(幻)이라 한다. 이러한 꿈을 꾸게 하는 혼(魂)이 계곡 물에 이끌려 간다면 그 가는 곳이 어디일까.

바다일까? 산일까? 이승일까? 저승일까?

"일 끝난 뒤에 마시는 차 한 잔 속에는
아침 저녁 바람과 달이 함께 있네"

꿈꾸게 하는 혼을 계곡의 물에 흘려보내고 맑디 맑은 정신으로 차 한 잔을 대하니 그 찻잔 속에는 아침 저녁의 바람과 달이 함께 떠 있다.

　사람이 바쁜 일상 속에서도 이와 같은 풍류가 속에 있어 바람과 달과 함께 노닐려면 그냥은 안 된다. 자연을 이해하고 사람을 이해하고 예술을 이해하는 마음이 있어야 한다.

李珥 · 朝鮮

採藥忽迷路　채약홀미로

千峰秋葉裏　천봉추엽리

山僧汲水歸　산승급수귀

林抹茶煙起　임말차연기

이이 · 조선

약 캐러 갔다가 홀연히 길을 잃고 보니

봉마다 가을 잎 져 길을 덮었네

올라올 때 산승이 물 길러 가더니

숲 속에서 차 끓이는 연기 이는구나

"약 캐러 갔다가 홀연히 길을 잃고 보니
봉마다 가을 잎 져 길을 덮었네"

좋고 필요한 것 찾아다니다 보면 돌아갈 길을 잃기 마련
이다.

"올라올 때 산승이 물 길러 가더니
숲 속에서 차 끓이는 연기 이는구나"

그래도 그는 다행히도 다시 돌아갈 방향이라도 잡는다.
대개는 그대로 헤매다가 다시 돌아오지 못하고 흔적도 없
이 사라지고 말지 않는가.

---

*이이 : (1536~1584) 조선 중기의 유학자이자 정치가로 〈동호문답〉, 〈성학집요〉
등의 저술을 남겼다. 현실 원리의 조화와 실공(實功) 실효(實效)를 강조하는
철학사상을 제시했다. 우리나라의 18대 명현(名賢) 가운데 한 명이다.

柳成龍·朝鮮

茅屋三間松萬株　모옥삼간송만주

淡烟連村橫一抹　담연연촌횡일말

紫門今日爲君開　자문금일위군개

紅柿淸茶慰客渴　홍시청차위객갈

류성룡·조선

초가삼간에 소나무 만 그루

옅은 연기 마을을 비켜가네

오늘은 그대 위해 사립문 열었으니

감홍시와 맑은 차로 나그네의 갈증 위로하세

---

*류성룡 : (1542~1607) 조선 중기 문신. 임진왜란 때 도체찰사(都體察使)로 군무를
총괄, 이순신, 권율 등 명장을 등용하여 국난을 극복한 명재상이다.

> "초가삼간에 소나무 만 그루
> 열은 연기 마을을 비쳐가네"

　집은 비록 작으나 아름다운 자연에 묻혀 있다면 그 자연에 어찌 소나무만 무성하겠는가. 온갖 식물과 동물들이 어울려 생명의 향연을 펼치고 있을 것이다.
　그곳으로 차를 끓이는 고운 연기가 아름답게 날아가니 그 그림이 얼마나 황홀하겠는가.

> "오늘은 그대 위해 사립문 열었으니
> 감홍시와 맑은 차로 나그네의 갈증 위로하세"

　기다리던 사람의 소식이라도 왔나 보다. 언제나 닫아 놓았던 사립문이었고 마음의 문이었다. 그런데 오늘은 그대 위해 열었다 했다.
　그렇다면 문의 안과 밖도 비를 들고 쓸었으리라.
　시간 아까워하지 않고 드는 비용 아끼지 않고 나를 찾는 벗이 있다면 그는 세상을 헛 산 게 아니다.

四溟大師·朝鮮 1

竹林茶煙翠　죽림차연취

晴花三月詩　청화삼월시

江湖淨暖氣　강호정난기

楊柳弄靑絲　양유롱청사

遠岳波中畵　원악파중화

斜風袖袖吹　사풍수수취

同遊心不盡　동유심부진

重結上方期　중결상방기

---

*유정(惟政) : (1544~1610) 조선 중기의 승려. 임진왜란 때 승병을 모집하여 휴정의 휘
하에서 왜군과 싸웠다. 평양을 수복하고 도원수 권율과 의령에서 왜군을
격파했고, 정유재란 때 울산의 도산과 순천 예교에서 전공을 세웠다.

사명대사 · 조선 1

대밭에서 차 달이는 연기 푸르니

때는 예쁜 꽃피는 삼월이로다

강과 호수에는 맑고 따뜻한 기운 감도니

버들가지는 푸른 실이 되어 노닌다

먼 산의 풍경은 그대로 그림인데

옆으로 부는 바람 소매자락에서 우짖는다

같이 놀면서도 이 마음 다 전하지 못하지만

맺은 인연 다시 만나기를 기약하네

"대밭에서 차 달이는 연기 푸르니
때는 예쁜 꽃피는 삼월이로다
강과 호수에는 맑고 따뜻한 기운 감도니
버들가지는 푸른 실이 되어 노닌다"

시인의 안목이 어느 경지에 가 있는지 여실히 드러나는 명작이다.

식물들이 바뀌는 계절을 맞이하여 생명의 향연을 펼치는 모습을 마치 화가가 그림을 그려내듯 그려내고 있는 것이다. 늘어진 버들가지가 바람에 흔들리는 모습이 푸른 실이 되어 천을 짜는 것 같이 보인다면 그 천으로 청의(靑衣)를 해 입고 하늘 나라엔들 가지 못하랴.

"먼 산의 풍경은 그대로 그림인데
옆으로 부는 바람 소매자락에서 우짖는다
같이 놀면서도 이 마음 다 전하지 못하지만
맺은 인연 다시 만나기를 기약하네"

어딜 가 볼 곳이라도 있는 양 서둘러 지나가던 바람이 무슨 사연이 있어 소매자락으로 들어가 우짖을까?
갑자기 갈 곳이라도 없어진 것일까?

아니면 가고 있으면서도 가는 줄 모르고 어정대는 인간의
무지가 안쓰러웠을까?
자연과 인간, 그 오묘한 어울림을 다 전하지 못하는 것이
시인의 마음을 못내 안타깝게 하고 있다.

四溟大師 · 朝鮮 2

聚散皆因宿有緣　　취산개인숙유연

海東郡料此同筵　　해동군료차동연

春亭烹進仙茶飲　　춘정팽진선차음

青草烟花滿眼前　　청초연화만안전

欲把黃庭問神訣　　욕파황정문신결

遠勞乘海款仙局　　원로승해관선국

喚沙彌進茶三碗　　환사미진차삼완

東院宗風古典形　　동원종풍고전형

---

*황정(黃庭) : 도가(道家) 책의 또 다른 말.

사명대사 · 조선 2

모이고 흩어지는 건 다 속세의 인연

이 세상 어디에서 만날 지 어찌 알리

봄의 정자에서 좋은 차 달여 마시니

푸른 풀 안개 꽃이 눈 앞에 가득하구나

도가의 책 손에 들고 신비의 비결 묻고자

멀리 바다 건너 신선이 사는 곳 찾았더니

어린 중 불러 차 세 잔 가져오네

이는 우리의 옛 가풍 그대로구나

 | *解說*

“모이고 흩어지는 건 다 속세의 인연
이 세상 어디에서 만날 지 어찌 알리
봄의 정자에서 좋은 차 달여 마시니
푸른 풀 안개 꽃이 눈 앞에 가득하구나”

“가는 자 잡지 말고 오는 자 막지 말라”는 말이 있다.

인연이 되어 오는 사람도 인연이 되어 가는 사람도 알 수 없는 숨은 조화에 의해 일어나는 현상이니 사람이 관여할 일이 아니라는 것이다.

아득한 옛날부터 머나 먼 미래로 흘러가는 과정 속에서 문득 문득 일어나는 일들에 무슨 기대나 절망도 하지 말고 그저 흘러가는 대로 놓아두는 여유를 가지자.

그런 여유 속에 차나 달여 마시노라면 자연이 그려내는 움직이는 그림이 속세의 인연 다 잊게 할 것이다.

“도가의 경전 손에 들고 신비의 비결 물고자
멀리 바다 건너 신선이 사는 곳 찾았더니
어린 중 불러 차 세 잔 가져오네
이는 우리의 옛 가풍 그대로구나”

자연의 신비나 삶의 비결은 문자로 된 경전 속에 있는 것이 아니다.

자연의 신비는 자연 속에 있고 삶의 비결은 삶 그 자체에 스며 있다.

문자(文字)에 백 년을 매여 있어도 거기에서 답을 얻을 수 없고 언어에 천 년을 붙들려 있어도 거기에서 답을 찾을 수 없다. 삶을 알려면 삶 그 자체 속으로 바로 뛰어 들어야 한다.

그래서 삶이란 경전을 바로 읽을 때 숨은 조화도 알아지고 드러나는 현상도 깨닫게 될 것이다.

趙泰億 · 朝鮮

茶竈肅然對筆床　　다조숙연대필상

閉門終日睡爲鄉　　폐문종일수위향

風波閱歷從千變　　풍파열역종천변

蠻觸粉爭問幾場　　만촉분쟁문기장

酒解逍憂眞妙理　　주해소우진묘리

書能醫俗是良方　　서능의속시양방

金華玉石揮非分　　금화옥석휘비분

悔却從前役役忙　　회각종전역역망

---

*조태억 : (1675~1728) 조선 후기의 문신. 호조참판 때 세제(世弟) 책봉과 대리청정 반대하여 철회시켰다. 신임사화(辛壬士禍)를 일으켜 노론을 거세하고 정권을 잡았으며, 영조가 즉위하자 반교문(頒教文)을 작성, 좌의정에 이르렀다.

조태억 · 조선

차 부뚜막 고요히 필상과 마주 있고

종일 문 닫고 잠이 드니 거기가 고향이라

지나온 풍파는 수많은 고비였고

적과의 분쟁은 또 얼마나 많았던고

진정한 삶의 묘리 취해서 근심 풀고

의원의 좋은 처방은 서책에 능한 것이라네

좋고 나쁜 것 구분하지 못하고서

괜히 바쁘고 바빴던 것 이제야 후회하네

“차 부뚜막 고요히 필상과 마주 있고
종일 문 닫고 잠이 드니 거기가 고향이라
지나온 풍파는 수많은 고비였고
적과의 분쟁은 또 얼마나 많았던고”

그 누가 고비 없이 살았고 소름 돋는 싸움인들 없었겠는
가. 돌이켜 보니 꿈과도 같았던 지난 세월이었다.
이제는 문 닫고 조용히 잠이 드니 거기가 고향이고 또 저
승이다.

“진정한 삶의 묘리 취해서 근심 풀고
의원의 좋은 처방은 서책에 능한 것이라네
좋고 나쁜 것 구분하지 못하고서
괜히 바쁘고 바빴던 것 이제야 후회하네”

사람을 취하게 만드는 것은 술만이 아니다.
어느 한 곳에 빠지면 그것에 취해버리는 게 사람이다.
진리에 취해서 근심 풀고 사랑에 취해서 세상 일 피하면
그곳이 바로 극락이다.
좋고 나쁜 구분도 못하다가 다 늙은 후에야 잘못 산 것 후
회한들 젊음이 돌아올까?

蔡濟共 · 朝鮮 1

林翠如成滴　　임취여성적

茶香偶惹烟　　차향우야연

神仙果能有　　신선과능유

於此稱盤施　　어차칭반시

채제공 · 조선 1

숲의 생기가 물방울로 떨어질 듯하고

차의 향기는 연기에 이끌려간다

세상에 신선이 정말 있다 하면

이곳 돌아가는 물굽이에 있으리

*채제공 : (1720~1799) 조선 후기의 문신. 본관은 평강(平康). 자는 백규(伯規), 호는 번암(樊巖) · 번옹(樊翁). 영조의 탕평을 표방한 특명으로 선발되어 청요직인 예문관사관직을 거쳤다.

　　"숲의 생기가 물방울로 떨어질 듯하고
　　차의 향기는 연기에 이끌려간다"

　작가 역시 지금 글을 가지고 그림을 그리고 있다. 아니
그 보다 글을 읽는 사람에게 그림을 그리게 하고 있다. 나
뭇잎 하나에 맺혀 있는 생명의 기운이 그대로 땅에 떨어질
듯하고, 차의 향기는 차를 끓인 연기와 함께 어디에 있는
누구에게로 다시 날아간다.

　　"세상에 신선이 정말 있다 하면
　　이곳 돌아가는 물굽이에 있으리"

　이 작가는 한 편의 시를 쓰면서 신(神)의 유무(有無)까지
밝히고 있다. 신이 또 다른 형체로 존재하고 있는 것이 아
니고 만물 속에 내재해 있다는 것이다.
　이 나라의 옛날 사람이 가장 현대적인 화두를 다루고 있
다는 것은 놀라운 일이 아닐 수 없다.

蔡濟共 · 朝鮮 2

寒輕酒氣娟娟上 　한경주기연연상

風定茶煙裊裊深 　풍정차연뇨뇨심

堪笑庭篁亦多事 　감소정황역다사

夜來窓裏送微吟 　야래창리송미음

채제공 · 조선 2

가벼운 한기는 술 기운 곱게 오르게 하고

바람이 고요하니 차 연기 아름답게 퍼지네

뜰에 있는 대나무는 또 무슨 사연 그렇게 많아

밤이 오면 창 밖에서 혼자서 울어댈까

　　　"가벼운 한기는 술 기운 곱게 오르게 하고
　　바람이 고요하니 차 연기 아름답게 퍼지네"

　작가의 안목이 어느 수준을 넘어섰다. 자신의 몸에서 나타나는 현상도 놓치지 않고 보고 있고, 밖에서 일어나는 자연의 현상도 놓치지 않고 살피고 있다.

　사람이 나를 살필 줄 알고 자연을 바라볼 줄 알면 그는 이미 도의 경지에 가 있는 사람이다. 사람이 도를 틔운다는 것은 나를 알고 남을 알기 위해서이다. 나를 안다면 그는 인간을 아는 것이고, 남을 알면 그는 이미 인생을 아는 것이다.

　　　"뜰에 있는 대나무는 또 무슨 사연 그렇게 많아
　　밤이 오면 창 밖에서 혼자서 울어댈까"

　울고 싶은 사연이 없는 사람 어디에 있겠는가. 다 나름대로의 사연을 안고 울면서 살아간다. 그런데 어디 사람만이 사연이 있겠는가.

丁若鏞 · 朝鮮 1

都無書籍貯山亭　도무서적저산정

唯是花經與水流　유시화경여수유

頗愛橘材新雨後　파애귤재신우후

岩泉手取洗茶瓶　암천수취세다병

정약용 · 조선 1

산 정자에는 책 쌓인 게 없고

오직 오르는 꽃길과 더불어 흐르는 물이 있을 뿐

비 개인 후의 귤나무의 아름다움에

바위 샘물 길러 차 도구를 씻네

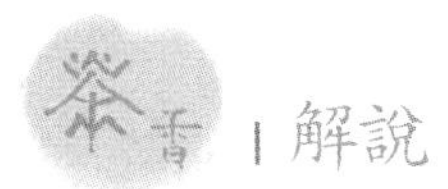

　　　　　"산에 있는 집에는 책이 없고
　　　　　오직 꽃과 물이 있을 뿐"

　어느 사람의 억측이고 자기 주장에 지나지 않는 책이 산에 있을 필요가 있는가?

　산에는 꽃과 나무, 물과 흙만 있으면 된다. 그 자연이 어떤 그림보다 어떤 글보다 인간을 더 길들인다.

　　　　　"비 개인 후 귤나무의 아름다움에
　　　　　바위 샘물 길어 차 도구 씻네"

　비는 꽃과 나무를 더욱 아름답고 향기롭게 만든다.

　그것을 지켜보는 사람의 마음도 예쁘게 단장을 하니 주위에 있는 물건까지 저절로 손길이 가게 되는 것이다.

---

*정약용 : (1762~1836) 자는 미용(美鏞). 호는 다산(茶山)·사암(俟菴)·여유당(與猶堂)·채산(茶山). 정조(正祖) 연간에 문신으로 사환(仕宦) 했으나, 청년기에 접했던 서학(西學)으로 인해 장기간 유배생활을 하였다.

丁若鏞 · 朝鮮 2

雨後新茶如展旗　우후신차여전기

茶籠茶碾漸修治　다구다년점수치

東方自古無茶稅　동방자고무차세

不怕前村犬吠時　불파전촌견폐시

정약용 · 조선 2

비 개인 뒤 새 차잎 깃발같이 피어나니

차 부엌 차 맷돌 살펴봐야겠구나

동방엔 예로부터 차 마시는데 세금 없으니

마을 앞에 개짓는 소리 두려워마라

"비 개인 뒤 새 차잎 깃발같이 돋아나니
차 만들 준비해야겠구나"

　생명의 순환은 어김없이 돌아온다. 다 죽고 말 것 같은 혹
독한 겨울이 가고 나면 어디 감추어져 있다가 다시 살아나
는 생명인지 새순이 돋아난다. 그 생명의 신비에 놀라다가
그 생명을 소중히 받아들일 준비를 하고 있는 사람의 모습
이 보인다.

"동방엔 예로부터 차 마시는데 세금 없으니
마을 앞에 개짓는 소리 두려워마라"

　인습에 얽매이거나 남의 이목에 붙들리면 아무 짓도 할
수 없는 게 사람이다. 세상살이에 초연해져야 개짓는 소리
들리지 않게 된다.
　다산은 이미 자기의 성을 쌓은 사람이고, 어느 차원을 넘
어서버린 사람이다.

丁若鏞 · 朝鮮 3

幽栖不定遂煙霞　유유부정수연하

況乃茶山滿谷茶　황내차산만곡차

天遠汀州時有帆　천원정주시유범

春深院落自多花　춘심원락자다화

정약용 · 조선 3

그윽한 생명은 어떤 흐름을 쫓지 않는데

다산에는 골짜기 마다 차가 가득하네

하늘 멀리 수평선에는 돛단배 떠가고

봄이 깊은 뜰에는 스스로 꽃이 피고 지네

"그윽한 생명은 어떤 흐름을 쫓지 않는데
다산에는 골짜기 마다 차가 가득하네"

생명의 신비는 어떤 흐름을 따르지 않는데 차나무는 골
짜기에 가득하단다. 그 생명의 의지가 다산(茶山)의 시선
을 붙여놓고 시를 짓게 하고 있다.
절벽이 위태해도 차꽃은 아름답게 피어 있고 차나무는
하늘에 닿으려는지 위를 향해 솟아오른다.

"하늘 멀리 수평선에는 돛단배 떠가고
봄이 깊은 뜰에는 스스로 꽃이 피고 지네"

다산(茶山)의 시야가 갑자기 다시 옮겨졌다. 차나무의
의지에서 하늘을 보고 물을 본 것이다. 그러니 그곳에 유
유히 떠가는 배가 보인다.
누구의 마음을 싣고 누구의 몸을 싣고 어디로 가는지 모
르지만 그 가고 있음은 그의 마음도 떠나게 했으리라.
스스로 꽃이 피고 지는 사연과 함께...

金正喜 · 朝鮮

靜坐處茶半香初　정좌처다반향초

妙用時水流花開　묘용시수류화개

김정희 · 조선

고요한 마음으로 앉아 차를 마시니 향기 새롭고

묘한 깨달음의 이 순간에도 물은 흐르고 꽃은 핀다

　삶에 지친 어지러운 마음 안고 차를 한 모금 머금으니 향기 새롭다는 말은 또 다른 황홀한 세계가 펼쳐진다는 말이다.

　본래 깨달음이란 어느 순간 문득 바람처럼 별처럼 그렇게 나타나는 것이다.

　그런데 그 오묘한 깨달음의 순간에도 물은 흐르고 꽃은 핀다. 세상은 나와는 아무 상관없이 돌아간다는 말이다. 물은 바다가 어딘지 몰라도 흘러만 가고, 지고 말 운명이어도 꽃은 아름답게 피어난다는 말이니 이 시는 많은 것을 생각하게 한다.

---

*김정희 : (1786~1856) 조선 후기의 서화가, 문신, 문인, 금석학자. 1819년(순조 19) 문과에 급제하여 성균관대사성, 이조참판 등을 역임하였다. 독특한 추사체를 대성시켰으며, 특히 예서, 행서에 새 경지를 이룩하였다.

李尚迪·朝鮮

竹爐石銚雅相宜　죽로석조아상의

活火新烹雪水時　활화신팽설수시

一榻風輕紫鬢影　일탑풍경자빈영

重簾雨細綴花枝　중렴우세철화지

清煮於酒初回夢　청자어주초회몽

韻似燒向半入詩　운사소향반입시

領略幽情何處好　영략유정하처호

蒼松陰裏碧溪涯　창송음리벽계애

*이상적 : (1804~1865) 조선 후기의 문인. 역관으로 중국을 왕래, 오숭량 등 중국 문
　　인과 교우 맺고, 시문집을 간행했다. 섬세하고 화려한 시로 헌종도 애송했
　　고, 〈은송당집〉이라 이름했다. 교정역관으로 〈통문관지〉 등을 속간했다.

죽로와 석조는 서로 어울려 아취가 있고

타는 불에 눈 녹은 물 새로 끓이니

평상에 이는 미풍은 귀밑머리 날리네

겹발에 놓인 꽃문양에 가랑비 적시고

차의 맑음이 술보다 꿈 속을 노닐게 하네

향을 피운 듯한 운치는 시의 세계에 들게 하니

그윽한 정 느끼려면 어느 것이 더 좋을까

푸른 솔 그늘일까 푸른 계곡의 물 속일까

"겹 발에 놓인 꽃문양에 가랑비 적시니
차의 맑음이 술보다 꿈 속을 노닐게 하네"

옛부터 사람들은 마음을 씻어낼 때는 차를 마셨고, 고민을 씻어낼 때는 술을 마셨다. 사람이 살다보면 마음을 씻어내야 할 일도 생기고 또 참담한 일을 당해 고민을 씻어내야 할 일도 생긴다. 공자가 말했다.

愛之能勿勞乎　애지능물노호
忠焉能勿誨乎　충언능물회호

수고로움이 없이 사랑할 수 있으랴
가르침이 없이 마음 알 수 있으랴

사람이 사랑한다는 것은 편하고 좋은 것이 아니다. 그것은 괴로움 자체이며 수고로움이다. 아니 그보다 정말로 사랑한다는 것은 수고를 아끼지 않는다는 것이고 고생을 사서하는 것이니 어찌 마음을 씻어낼 일이 생기지 않겠는가. 또 가르침이 없이 그 마음을 알 수 없다고 했다.

가르침이란 다른 게 아니고 언제나 실수하면서 지혜를 얻는 것이다. 사람은 그냥 깨달아지는 게 아니고 하나의 실수 끝에 하나의 지혜를 얻는다.

어리석음 끝에 현명함을 얻고 그릇된 일 속에서 바른 길을 찾는 게 사람의 생이다. 그러니 나도 알 수 없는 내 마음을 알기 위해서는 술로서 고민을 씻어낼 일도 자주 있어야 할 것이다.

그렇게 차로서 마음을 씻어내고 술로서 고민을 씻어내다 보면 누가 아는가? 우화등선(羽化登仙)의 경지로 갈지...

"그윽한 정 느끼려면 어느 것이 더 좋을까
푸른 솔 그늘일까 푸른 계곡의 물 속일까"

푸른 하늘, 푸른 바다, 그 푸른 빛은 본래 없는 색이다. 그 푸르게 보이는 빛을 찾아 하늘 높이 솟아 올라도 푸른 빛은 없고, 바다의 푸른 빛을 찾아 물 속으로 깊이 들어가도 푸른 빛은 없다. 멀리서 보면 있어도 가까이 가면 없는 빛, 그것이 푸른 빛의 정체이다.

그래서 우리가 '푸른 희망' 이란 소리도 한다.

희망이란 꿈에 지나지 않는 것이니 사실 희망은 다가갈수록 멀어지는 알 수 없는 환상이다.

그러니 따지고 보면 어느 것이 더 좋을 것도 없다. 푸른 솔 그늘도 푸른 계곡의 물 속도 둘이 아닌 하나이다. 꿈은 꿈으로 있을 때 꿈이니 확인 같은 것은 하지 않는 것이 현명한 일이다.

梵海覺岸 · 朝鮮 1
- 草衣茶 -

穀雨初晴日　곡우초청일

黃芽葉未開　황아엽미개

空鐺精炒出　공당정초출

密室好乾來　밀실호건래

栢斗方圓印　백두방원인

竹皮苞裏裁　죽피포리재

嚴藏防外氣　엄장방외기

一椀滿香回　일완만향회

---

*각안 : (1820~1896) 조선 후기의 승려로 호의(縞衣) 문하에서 승려가 되었다. 유 (儒), 불(佛), 도(道) 3교(三敎)의 일치를 주장한데 그의 사상적 특색이 있다. 저 서에 〈동사열전(東師列傳)〉 등이 있다.

범해각안 · 조선 1
- 초의차 -

곡우 초 맑은 날

아직 다 피지도 않은 새싹을

큰 솥에 정성스레 덖어내어

비밀스런 방에서 알맞게 말린다네

네모난 잣나무 상자에 둥근 도장 찍고

죽순 껍질로 싸고 잘라내어

바깥 기운을 막아 법대로 간수하니

찻잔에는 벌써 가득히 향기 감도네

解說

　이 시는 초의 선사의 법통을 이어받은 범해 선사가 초의
선사가 정성으로 차를 만드는 것을 지켜보면서 '초의차'란
제목을 붙여 시를 읊은 것이다. 차를 만드는 전 공정이 자
세하게 기록되어 있다는 평가를 받고 있는 시이다.

梵海覺岸 · 朝鮮 2

南臺北岳盡吾家　남대북악진오가

只守天眞度歲華　지수천진도세화

蘿月松風爲伴侶　나월송풍위반려

經床茶竈作生涯　경상차조작생애

법해각안 · 조선 2

남대와 북악이 다 내 집이니

본래 마음 지키면서 세월을 꽃 피우네

둥근 달과 솔바람 벗 삼아

경 읽고 차 달이며 인생을 만든다오

"남대와 북악이 다 내 집이니
　본래 마음 지키면서 세월을 꽃 피우네"

　자연의 입장에서 인간들을 보면 같잖기 짝이 없을 것이
다. 자연은 언제나 거기 그대로 있을 뿐인데 인간들이 선
을 긋고 내 것, 네 것 따지고 있으니 얼마나 이상한 짓이겠
는가. 사리에 밝은 본심이 없는 것도 아니다. 본래적인 자
기만 되찾으면 한(恨)이 많아 보이는 세월도 아름답게 꽃
피울 수 있다.

"둥근 달과 솔바람 벗 삼아
　경 읽고 차 달이며 인생을 만든다오"

　사람이 아름답고 향기로운 본심만 찾으면 둥근 달이 남이
아니고 불어오는 바람이 남이 아니다. 모든 자연을 또 하나
의 나 자신으로 받아들이면 여유있게 책 읽고 차 달일 수 있
게 된다. 자기 자신의 인생을 스스로 만들 수 있게 된다.
　인생 길은 그 누가 만들어 놓은 길을 가는 게 아니고 스
스로 만들어 가는 것이다.

鏡巖應允 · 朝鮮

來時知有去　래시지유거

去後幾時來　서후기시래

世事還如許　세사환여허

携茶上月臺　휴차상월대

*경암응윤 : 15세에 진희에게 출가, 한암으로부터 비구계를 받고 추계 유문의 문하
에서 있다가 환암으로 선지를 받고 두륜산 정상에 암자를 짓고 정진하
다 62세 입적함.

경암응윤 · 조선

올 때는 갈 것 알았지만

간 다음은 언제 올 것인가

세상 일 모두 이와 같거니

차를 들고 월대에 오른다네

> "올 때는 갈 것 알았지만
> 간 다음은 언제 올 것인가?"

아무도 알지 못한다. 그것이 왜, 어찌해서 그때 왔는지? 다만 우주적인 어떤 파장과 진동에 의한 것이라는 것 밖에는 알 수 가 없다.

가는 것이 있어도 거기에 가는 자는 없고, 오는 것이 있어도 거기에 오는 자는 없다. 다만 어떤 흐름이 있을 뿐이다. 부재(不在)의 존재(存在)가 있을 뿐이다.

> "세상 일 모두 이와 같으니
> 차 들고 월대에 오른다네."

세상 일 예외 없이 이와 같으니 모두가 여행 그 자체가 목적이 되어야 한다. 오고 가며 만나는 인연들도 모두가 다 물거품이고 그림자에 지나지 않는다.

그런데도 지금 내가 여기 있다. 그 기적을 안고 차나 마시자. 모든 게 다 가고 오며 나타나다가 사라져 가는데 지금 내가 여기에 살아 있다. 그 기적을 안고 차나 마시자.

茶

百八書茶香

이 마음은 누구의 것이길래

하는 일 없이 바쁘던 몸이
문득 차를 따르니
마음은 또 타다만
불꽃처럼 떠난다

한 잔의 차 속에
세상사 다 있는데
어딜 가 또 무엇을
어떻게 찾으려는가

삶이란
문제와 답이 있는
수수께끼가 아니고
문제도 답도 없는
신비인 것을

뉘 있어 주고 받을 얘기인가
찻잔에 비친 얼굴
남이 아닌 나이거니
반기어 봄이 마땅하리

하나의 찻잎 보고
뿌리로 가는 마음 있으면
다심(茶心)에 도(道)를 싣고
세월을 타고 가리

손가락 끝의 저 달은
古典茶詩集 고전다시집

초판1쇄 인쇄 | 2012년 6월 22일
초판1쇄 펴냄 | 2012년 6월 30일

지은이 | 이영희
펴낸이 | 이철순

등록일자 | 2003년 5월 20일
등록번호 | 제4-155호
발행처 | 해조음
주소 | (705-817) 대구광역시 남구 대명 2동 1800-6 불교대구회관 2층
전화 | (053) 624-5586
팩시밀리 | (053) 624-5587
E-mail | bubryun@hanmail.net

ISBN 89-92745-31-4